P9-AOC-103

CUENTO DE NAVIDAD

LETRAS MAYÚSCULAS

Editorial Bambú
es un sello de Editorial Casals, S.A.

Título original: *A Christmas Carol*

© 2010, de la traducción, José Manuel Álvarez Flórez
© 2010, de todas las ilustraciones, Pep Montserrat
© 2010, Editorial Casals, S.A.
Casp, 79 – 08013 Barcelona
Tel.: 902 107 007
www.editorialbambu.com
www.bambulector.com

Coordinación de la colección: Jordi Martín Lloret
Diseño de la colección: Liliana Palau / Enric Jardí
Imágenes del cuaderno documental: © Album/akg-images,
© Corbis/Cordon Press, © Getty Images.

Primera edición: octubre de 2010
ISBN: 978-84-8343-105-4
Depósito legal: B-23.513-2010
Printed in Spain
Impreso en Índice, S.L.
Fluvià, 81-87. 08019 Barcelona

Cualquier forma de reproducción, distribución, comunicación
pública o transformación de esta obra solo puede ser realizada con
la autorización de sus titulares, salvo excepción prevista por la ley.
Diríjase a CEDRO (Centro Español de Derechos Reprográficos,
www.cedro.org) si necesita fotocopiar, escanear o hacer copias
digitales de algún fragmento de esta obra.

CUENTO DE NAVIDAD

(Villancico en prosa)

CHARLES DICKENS

TRADUCCIÓN DE
JOSÉ MANUEL ÁLVAREZ

ILUSTRACIONES DE
PEP MONTSERRAT

LETRAS MAYÚSCULAS

Índice

Índice

PREFACIO

He procurado invocar en este librito de fantasmas el Espíritu de una Idea que no disguste a mis lectores consigo mismos, con los demás, con esta época del año ni conmigo. Ojalá encante sus hogares y nadie desee hacerle desaparecer.

Su fiel amigo y servidor

C. D.
Diciembre de 1843

PERSONAJES

Bob Cratchit, empleado de Ebenezer Scrooge.

Peter Cratchit, primogénito del anterior.

Tim Cratchit (*Tiny Tim*, el pequeño Tim), benjamín de Bob Cratchit.

Señor Fezziwig, anciano comerciante, bondadoso y jovial.

Fred, sobrino de Scrooge.

Espíritu de las navidades pasadas, fantasma que muestra las navidades pasadas.

Espíritu de la Navidad presente, fantasma de carácter amable, generoso y campechano.

Espíritu de las navidades futuras, aparición que muestra las sombras de lo que aún no ha ocurrido.

Espectro de Jacob Marley, fantasma del difunto socio de Scrooge.

Joe, chatarrero y comprador de artículos robados.

Ebenezer Scrooge, anciano avaro, socio superviviente de la empresa Marley & Scrooge.

Señor Topper, soltero.

Dick Wilkins, aprendiz compañero de Scrooge.

Belle, hermosa señora, antigua prometida de Scrooge.

Caroline, esposa de un deudor de Scrooge.

Señora Cratchit, esposa de Bob Cratchit.

Belinda y Martha Cratchit, hijas de la anterior.

Señora Dilber, lavandera.

Fan, hermana de Scrooge.

Señora Fezziwig, digna compañera del señor Fezziwig.

Estrofa primera

EL ESPECTRO DE MARLEY

En primer lugar, Marley había muerto. No hay la menor duda sobre eso. El certificado de su entierro estaba firmado por el clérigo, el sacristán, el director de la funeraria y el que presidió el duelo. Lo había firmado Scrooge, y el nombre de Scrooge era válido en la Bolsa, que aceptaba cualquier documento que él hubiese decidido firmar. El pobre Marley estaba tan muerto como un clavo de puerta.

¡Un momento! No quiero decir con eso que sepa con seguridad lo que tiene de especialmente muerto un clavo de puerta. Yo me habría inclinado a considerar los clavos de ataúd el artículo de ferretería más muerto del mercado. Pero ese símil de la lengua inglesa contiene la sabiduría de nuestros antepasados y no serán mis manos impías las que lo alteren, o se hundiría el país. Así que me permitiréis repetir categóricamente que Marley estaba tan muerto como un clavo de puerta.

¿Sabía Scrooge que Marley había muerto? Por supuesto. ¿Cómo no iba a saberlo? Marley y él habían sido socios no sé cuántos años. Scrooge era su único albacea, su único administrador, su único cesionario, su heredero universal, su único amigo y su único doliente. Y ni siquiera Scrooge se había sentido tan apenado por el triste suceso como para no ser un excelente negociante el mismo día del funeral, que celebró con una ganga indiscutible.

La mención del funeral de Marley me lleva de nuevo al punto de partida. No existe la menor duda de que Marley había muerto. Esto ha de quedar bien claro, pues, de lo contrario, la historia que voy a relatar no tendría nada de prodigioso. Si no supiéramos que el padre de Hamlet había muerto antes de empezar la obra, no habría nada extraordinario en que paseara de noche por sus murallas con viento del este para confundir la debilitada mente de su hijo, no más que en el hecho de que cualquier caballero entrado en años acudiese después de anochecer a un lugar ventoso (digamos, por ejemplo, el camposanto de la catedral de San Pablo).[1]

Scrooge no había quitado el nombre de Marley del letrero. Allí seguía años después sobre la puerta de la oficina: SCROOGE & MARLEY. Los nuevos clientes llamaban a Scrooge unas veces Scrooge y otras Marley, pero él respondía a ambos nombres, no le importaba.

¡Ay, pero qué tacaño era Scrooge! Un pobre pecador avariento que agarraba, apretaba, rascaba, exprimía, arrebataba. Duro y cortante como pedernal del que ningún eslabón sacara nunca fuego generoso; callado, reservado y solitario como una ostra. La frialdad interior le helaba las facciones, le abrasaba la nariz puntiaguda, le ajaba las mejillas, le agarrotaba el porte; le enrojecía los ojos y le amorataba

---

1. Alusión a la obra de William Shakespeare (1564-1616), en la que «se aparece» el espectro del rey difunto. (*N. del t.*)

los labios; y se adivinaba fácilmente en su voz áspera. Una escarcha helada le cubría la cabeza, las cejas y la barba hirsuta. Portaba su gelidez siempre consigo; helaba el despacho en la canícula y no lo deshelaba ni un grado en Navidad.

El calor y el frío exteriores apenas afectaban a Scrooge. Ni la calidez lo confortaba ni el tiempo invernal lo helaba. No había viento más cortante que él, nevada más pertinaz, ni aguacero más inexorable. No había mal tiempo capaz de superarle. Las nevadas y las lluvias más fuertes, el granizo y la cellisca sólo podían enorgullecerse de aventajar a Scrooge en un aspecto: solían «caer» copiosamente, mientras que él nunca era generoso.

Nadie paraba nunca a Scrooge por la calle para decirle con alegría: «¿Qué tal, querido Scrooge? ¿Cuándo irás a visitarme?» Los mendigos no le imploraban que les diera limosna ni los niños le preguntaban la hora, ningún hombre ni ninguna mujer le habían pedido jamás que le indicara cómo se iba a tal o cual lugar. Parecía que hasta los perros lazarillos le conocieran, pues, cuando le veían acercarse, guiaban a sus amos a portales y patios y movían la cola como si dijeran: «¡Más vale ser ciego que tener mal de ojo, mi pobre amo!»

Pero ¿qué le importaba todo eso a Scrooge? Era precisamente lo que deseaba. Abrirse paso por los atestados caminos de la vida advirtiendo a cualquier posible muestra de simpatía humana que debía guardar las distancias le parecía a Scrooge lo que los entendidos llaman «una delicia».

Un día de hace mucho tiempo (el de Nochebuena precisamente, de todos los del año), el anciano Scrooge estaba trabajando en su oficina. Era un día frío, crudo y desapacible; y nebuloso además, y Scrooge oía a la gente que pasaba por el patio jadeando, golpeándose el pecho con las manos y pisando fuerte para calentarse los pies. Los relojes de la ciudad acababan de dar las tres, pero ya era de noche —no había habido luz en todo el día— y las velas llameaban en las ventanas de las oficinas próximas como manchas rojizas en la atmósfera oscura. La niebla se filtraba por los resquicios y los ojos de las cerraduras, tan densa que, aunque el patio era de los más angostos, los edificios de enfrente parecían meros fantasmas. Al ver la deprimente niebla cubrirlo todo, se diría que la naturaleza vivía muy cerca y estaba destilando a gran escala.

Scrooge tenía la puerta del despacho abierta para no perder de vista al empleado, que copiaba cartas en un cubículo lúgubre, una especie de celda. Scrooge tenía un fuego mísero, pero el del empleado lo era todavía más, tanto que parecía sólo una brasa. El hombre no podía echar más carbón porque el cubo estaba en el despacho de Scrooge; y si le veía entrar con la pala le diría que iba a tener que prescindir de él. Así que el empleado se puso su bufanda blanca e intentó calentarse a la lumbre de la vela; tentativa en la que fracasó, pues no era hombre de imaginación poderosa.

—¡Feliz Navidad, tío! ¡Dios te guarde! —gritó una voz alegre. Era la del sobrino de Scrooge, que entró tan deprisa que su saludo fue el primer indicio que tuvo el tío de su llegada.

—¡Bah! —dijo Scrooge—. ¡Tonterías!

El sobrino de Scrooge se había acalorado tanto caminando a buen paso en la niebla y la helada que estaba radiante;

tenía el hermoso rostro colorado; le brillaban los ojos, y se le condensaba de nuevo el aliento.

—¿La Navidad una tontería, tío? —dijo el sobrino de Scrooge—. Seguro que no lo dices en serio.

—Pues claro que lo digo en serio —dijo Scrooge—. ¡Feliz Navidad! ¿Qué derecho tienes a ser feliz? ¿Qué motivo tienes para estar contento? Eres bastante pobre.

—Bueno, entonces, ¿qué derecho tienes tú a estar triste? —repuso el sobrino alegremente—. ¿Qué motivo tienes para estar de mal humor? Eres bastante rico.

—¡Bah! —repitió Scrooge sin pensarlo. Y lo coronó repitiendo—: ¡Tonterías!

—No te enfades, tío —dijo el sobrino.

—¿Cómo quieres que no me enfade viviendo en este mundo de tontos? —replicó el tío—. ¡Feliz Navidad! ¡A paseo feliz Navidad! ¿Qué son las navidades sino la época de pagar facturas sin dinero; de encontrarse un año más viejo y ni una hora más rico; de hacer cuadrar las cuentas y comprobar que todos los asientos de los últimos doce meses son negativos? Si dependiera de mí —añadió con indignación—, cocerían en su propio budín a todos los estúpidos que andan por ahí con «feliz Navidad» en los labios y los enterrarían con una estaca de acebo en el corazón. Deberían...

—¡Tío! —suplicó el sobrino.

—¡Sobrino! —repuso el tío severamente—. Tú celebra la Navidad a tu modo y déjame celebrarla a mí al mío.

—¡Celebrarla! —repitió el sobrino de Scrooge—. Pero si tú no la celebras.

—Pues entonces déjame que no la celebre —dijo Scrooge—. ¡Y que te aproveche! ¡Siempre te ha aprovechado mucho!

—Hay muchas cosas de las que podría haberme aprovechado y no lo he hecho —repuso el sobrino—, entre ellas, la Navidad. Pero estoy seguro de que las navidades, cuando llegan (aparte de la veneración debida a su nombre y origen, si es que algo relativo a ellas puede separarse de eso) son una buena época, una época agradable, generosa, indulgente y amable; que yo sepa, la única del año en que hombres y mujeres acceden a abrir libremente sus corazones cerrados y consideran a los más humildes compañeros de viaje hacia la tumba y no criaturas de otra raza con destinos diferentes. Así que, aunque nunca me haya proporcionado una pizca de oro ni de plata, creo que me ha aprovechado y me aprovechará, tío; así que ¡bendita sea!

El empleado aplaudió en su cuchitril sin poder evitarlo, pero enseguida se dio cuenta de lo impropio de su actitud y atizó el fuego, apagando al hacerlo la última brasa.

—Si vuelvo a oírte rechistar, celebrarás la Navidad sin empleo —le dijo Scrooge; y añadió, volviéndose a su sobrino—: Eres todo un orador, señorito. Me asombra que no entres en el Parlamento.

—No te enojes, tío. ¡Anda! Come con nosotros mañana.

Scrooge le dijo que antes lo vería cond... lo dijo realmente. Completó la frase y dijo que antes lo vería en tan extrema situación.

—Pero ¿por qué? —exclamó el sobrino—. ¿Por qué?

—¿Por qué te casaste? —preguntó Scrooge.

—Porque me enamoré.

—¡Porque te enamoraste! —refunfuñó Scrooge, como si fuese lo único del mundo más absurdo que una feliz Navidad—. ¡Buenas tardes!

—Vamos, tío, pero si antes de casarme no fuiste nunca a verme. ¿Por qué alegarlo como motivo para no hacerlo ahora?

—¡Buenas tardes! —repitió Scrooge.

—No quiero nada de ti; no te pido nada; ¿por qué no podemos ser amigos?

—¡Buenas tardes! —dijo Scrooge.

—Lamento de todo corazón que sigas en tus trece. Nunca nos hemos peleado por mi culpa. Lo he intentado en honor de la Navidad y conservaré el talante navideño hasta el final. Así que ¡feliz Navidad, tío!

—¡Buenas tardes! —dijo Scrooge.

—¡Y feliz Año Nuevo!

—¡Buenas tardes! —dijo Scrooge.

El sobrino salió del despacho, pese a todo, sin una palabra irritada. Se detuvo a la puerta de la calle para manifestar sus mejores deseos navideños al empleado, que, a pesar de tener frío, era más cálido que Scrooge, pues le devolvió cordialmente la felicitación.

—Otro que tal baila —masculló Scrooge al oírle—: mi empleado, con quince chelines a la semana, mujer e hijos, hablando de feliz Navidad. Es de lunáticos.

Ese lunático, al abrir la puerta al sobrino de Scrooge, dejó pasar a dos caballeros. Dos caballeros corpulentos, de aspecto afable, que entraban un momento después en el despacho de Scrooge quitándose el sombrero. Llevaban libros y documentos en las manos, y le saludaron con una venia.

—Scrooge y Marley, ¿verdad? —dijo uno, consultando una lista—. ¿Tengo el placer de hablar con el señor Scrooge o con el señor Marley?

—El señor Marley lleva siete años muerto —contestó Scrooge—. Precisamente esta noche hace siete años que murió.

—Seguro que su generosidad está bien representada por el socio superviviente —dijo el caballero, presentándole sus credenciales.

Tenía razón, pues Marley y Scrooge habían sido almas gemelas. Scrooge torció el gesto al oír la siniestra palabra *generosidad,* cabeceó y devolvió las credenciales al caballero.

—En Navidad, señor Scrooge —dijo el caballero, cogiendo una pluma—, es más conveniente de lo habitual que hagamos una mínima previsión para los pobres e indigentes que tanto sufren en esta época. Miles y miles carecen de lo estrictamente necesario; cientos de miles carecen de lo más elemental, señor.

—¿Acaso no hay cárceles? —preguntó Scrooge.

—Muchas —dijo el caballero, dejando de nuevo la pluma.

—¿Y los asilos de pobres? —requirió Scrooge—. ¿Siguen funcionando?

—Sí. Siguen funcionando —contestó el caballero—. Ojalá pudiera decir que no.

—Entonces, ¿están en pleno vigor la ley de pobres y la rueda de molino?[2] —dijo Scrooge.

---

2. *Treadmill* (noria o rueda de molino), empleada en las prisiones británicas de la época como «trabajo forzado», prohibida a primeros del siglo xx. (*N. del t.*)

—Ambas muy activas, señor.

—¡Ah! Por lo que dijo antes, me temía que algo hubiesen interrumpido su valiosa tarea. Me complace saberlo.

—Algunos opinamos que apenas proporcionan consuelo cristiano a la multitud, ni físico ni mental —repuso el caballero—, e intentamos recaudar un fondo para proporcionar a los pobres alimentos, bebida y medios de calentarse. Elegimos las navidades para hacerlo porque es la época del año en que se siente más profundamente la necesidad y más alegra la abundancia. ¿Cuánto le anoto?

—¡Nada! —respondió Scrooge.

—¿Desea guardar el anonimato?

—Deseo que me dejen en paz —dijo Scrooge—. Puesto que me pregunta qué deseo, caballero, ésa es mi respuesta. No me divierten las navidades y no puedo permitirme contribuir a la diversión de los holgazanes. Contribuyo al mantenimiento de las instituciones que he mencionado; son bastante costosas, y los que estén muy necesitados han de acudir a ellas.

—Muchos no pueden hacerlo; y muchos preferirían morirse.

—Pues si prefieren morirse, que se mueran; sería mejor para ellos y aliviaría el exceso de población —dijo Scrooge—.[3] Además, disculpe, pero yo eso no lo sé.

—Pero podría saberlo —observó el caballero.

—No es asunto mío —repuso Scrooge—. Ya tiene uno bastante con atender su negocio para meterse en los de los

3. Alusión crítica al miedo al exceso de población que existía en la Inglaterra de la época tras la publicación (1798) de *Ensayo sobre el principio de población,* del economista británico Thomas Robert Malthus (1766-1834), que defiende la necesidad de adecuar la población a los recursos disponibles. (*N. del t.*)

demás. El mío me ocupa todo el tiempo. ¡Buenas tardes, caballeros!

Los caballeros comprendieron que sería inútil insistir y se retiraron. Scrooge reanudó su trabajo más satisfecho de sí mismo y más animado de lo habitual.

Mientras tanto, la niebla y la oscuridad habían aumentado tanto que la gente acudía presurosa con antorchas encendidas a ofrecer sus servicios para guiar a los caballos corriendo delante. No se veía la antigua torre de una iglesia cuya vieja y bronca campana espiaba siempre a Scrooge por una ventana gótica del muro y daba las horas y los cuartos en las nubes con trémulas vibraciones, como si le castañetearan los dientes allá arriba en la cabeza congelada. El frío se intensificó. En la esquina de la calle principal, unos obreros que reparaban las tuberías de gas habían encendido una fogata en un brasero, a cuyo alrededor se había congregado un grupo de muchachos y hombres harapientos, que se calentaban las manos y parpadeaban extasiados delante de las llamas. La toma de agua había quedado abandonada y el líquido que salía se convertía en misántropo hielo al congelarse. El brillo de las tiendas, en las que las ramas y bayas de acebo crujían al calor de las lámparas de los escaparates, enrojecía los pálidos rostros de los transeúntes. Las tiendas de volatería y de comestibles se convirtieron en una espléndida diversión: un espectáculo tan maravilloso que resultaba casi imposible creer que principios tan burdos como comprar y vender tuviesen algo que ver con él. En la fortaleza de Mansion House, la imponente residencia oficial del alcalde, él daba órdenes a sus cincuenta cocineros y mayordomos para celebrar la Navidad como correspondía a su rango; e incluso el sastrecillo al que había multado con cinco chelines el lunes anterior por borrachera y violencia callejera, revolvía el budín navideño en su buhardilla mientras su flaca mujer y su hijito salían a comprar la carne de vaca.

¡Más niebla y más frío! Frío intenso y cortante. Si el buen san Dunstano hubiese pellizcado la nariz del Maligno con un poco de aquel frío en vez de emplear sus armas habituales, seguro que habría rugido portentosamente.[4] El propietario de una joven nariz minúscula, mordida y roída por el frío voraz como los huesos por los perros, se agachó hacia el ojo de la cerradura de la puerta de Scrooge para obsequiarle con un villancico; pero, al primer sonido de

¡Dios te guarde feliz, caballero!
¡Que nada te disguste!

Scrooge agarró la regla con ademán tan resuelto que el cantor huyó despavorido, dejando el ojo de la cerradura a la niebla y a la escarcha, aún más adecuada.

Al fin llegó la hora de cerrar la oficina. Scrooge se apeó del taburete de mala gana admitiendo tácitamente el hecho, con lo que el empleado apagó la vela al momento y se puso el sombrero.

—Supongo que querrás mañana el día libre, ¿verdad? —dijo Scrooge.

---

4. Alusión a la leyenda de san Dunstano (924-988), que Charles Dickens relata en su *Historia de Inglaterra para niños*; al parecer, el santo apretó con unas tenazas de herrero al rojo la nariz de un espíritu maligno que pretendía tentarle. (*N. del t.*)

—Si no es inconveniente, señor...

—Pues claro que es inconveniente —dijo Scrooge—, e injusto. Seguro que te parecería un abuso que te descontara media corona por ello.

El empleado esbozó una leve sonrisa.

—Pero no te parece un abuso que te pague el salario de un día sin trabajar, ¿verdad?

El empleado comentó que sólo era una vez al año.

—Pobre excusa para esquilmar a alguien cada veinticinco de diciembre —dijo Scrooge, abotonándose el abrigo hasta la barbilla—. Pero supongo que tendrás que contar con todo el día libre. ¡Quiero verte aquí a primera hora pasado mañana!

El empleado prometió que allí estaría, y Scrooge se marchó refunfuñando. La oficina quedó cerrada en un santiamén, y el empleado, con las puntas de su larga bufanda blanca colgando por debajo de la cintura (pues no tenía abrigo), para celebrar que era Nochebuena bajó veinte veces por un resbaladero haciendo cola con los niños, y luego corrió a toda prisa a su casa de Candem Town para jugar a la gallina ciega.

Scrooge tomó su melancólica cena en la melancólica taberna habitual; y, después de leer todos los periódicos y entretenerse el resto de la velada con su libreta bancaria, se fue a casa a dormir. La vivienda de Scrooge había pertenecido en tiempos a su difunto socio. Era un piso sombrío de un edificio lúgubre escondido al fondo de un patio, donde encajaba tan mal que resultaba inevitable imaginar que había corrido allí jugando al escondite con otros edificios cuando era nuevo y había olvidado luego por donde se salía. Era bastante viejo ya, y bastante lóbrego, pues todas las plantas menos la de Scrooge eran oficinas alquiladas. El patio estaba tan oscuro que hasta Scrooge, que conocía sus piedras palmo a palmo, tenía que abrirse paso a tientas. La niebla y la escarcha cubrían el viejo portalón negro, que parecía el Genio del Tiempo sentado en el umbral meditando tristemente.

Pues bien, es un hecho que la aldaba de la puerta no tenía nada de particular, excepto que era muy grande. También es un hecho que Scrooge la había visto por la mañana y por la noche todos los días desde que vivía allí; y también que Scrooge poseía tan poco de lo que llamamos imaginación como cualquier individuo de la ciudad de Londres, incluidos (y es mucho decir) la corporación municipal, los regidores y el gremio. Recuérdese que Scrooge no había dedicado un solo pensamiento a Marley desde que mencionara aquella tarde por última vez a su socio fallecido hacía siete años. Así que ya me explicará alguien, si puede, cómo es posible que al meter la llave en la cerradura de la puerta, y sin que mediara ningún cambio, no viera en la aldaba una aldaba sino el rostro de Marley.

El rostro de Marley. No estaba sumido en la misma oscuridad impenetrable que los demás objetos del patio, sino que brillaba con una luz lúgubre como una langosta podrida en una bodega oscura. Y no parecía enfadado ni amenazador, sino que miraba a Scrooge como solía hacerlo Marley: con unas gafas espectrales alzadas sobre la frente espectral. Tenía el pelo extrañamente revuelto, como por vaho o por aire caliente; y los ojos muy abiertos, pero completamente inmóviles. Eso y su lividez le daban una apariencia horrible; pero ese horror parecía ser, pese al rostro y sin intención suya, sólo parte de su expresión.

Scrooge observó detenidamente el fenómeno y vio de nuevo una aldaba.

Sería falso decir que no se sobresaltó o que su ánimo no experimentó una terrible sensación a la que había sido ajeno desde la infancia. Pero posó la mano en la llave que había soltado, la giró con resolución, entró y encendió la vela.

Esperó vacilante un momento antes de cerrar la puerta; y miró con cautela primero detrás de ella, como si esperase ver aterrado la coleta de Marley asomando en el vestíbulo. Pero no había nada en la parte posterior de la puerta, excepto los tornillos y tuercas que sujetaban la aldaba. Así que exclamó «¡Bah! ¡Bah!» y cerró de golpe.

El portazo retumbó como un trueno en toda la casa. Parecía que todas las habitaciones de arriba y todos los toneles de las bodegas del vinatero de abajo tuvieran un tono de ecos propio y diferente. No era Scrooge hombre al que asustaran los ecos. Echó el cerrojo, cruzó el vestíbulo y subió las escaleras despacio, despabilando la vela al mismo tiempo.

Puede decirse sin mucha precisión que por un tramo de una buena escalera de las antiguas podría pasar un coche de seis caballos e incluso por los huecos de una de esas nuevas leyes mal formuladas del Parlamento, pero lo que yo quiero decir es que por aquella escalera podía subir una carroza fúnebre con el balancín hacia la pared y la puerta hacia la

balaustrada, y hacerlo holgadamente. Era bastante ancha para eso y sobraba espacio; lo cual tal vez fuese la razón de que Scrooge creyera ver una carroza fúnebre que avanzaba delante de él en la penumbra. Media docena de farolas de gas no habrían iluminado bien la entrada, así que ya supondréis lo oscuro que estaba con la vela de sebo de Scrooge.

Scrooge subió sin preocuparse lo más mínimo por ello: la oscuridad es barata, y a él le gustaba. Pero, antes de cerrar la pesada puerta, recorrió las habitaciones para cerciorarse de que todo estaba en orden. Sin duda le impulsó a hacerlo aquel rostro que seguía fresco en su memoria.

Sala de estar, dormitorio, trastero. Todos estaban como debían estar. Nadie debajo de la mesa, nadie debajo del sofá; un fuego exiguo en la chimenea; cuchara y tazón preparados; y el cazo de gachas (Scrooge tenía un poco de catarro) en la placa; nadie oculto en su bata, que colgaba en la pared de forma sospechosa. El trastero, como siempre: la vieja pantalla de la chimenea, zapatos viejos, dos canastas de pescado, un palanganero de tres patas y un atizador.

Scrooge cerró la puerta satisfecho y se encerró con dos vueltas de llave, algo que no tenía por costumbre. A salvo así de sorpresas, se quitó la corbata, se puso la bata, las pantuflas y el gorro de dormir, y se sentó junto al fuego a tomar las gachas.

El fuego era muy débil, en realidad; insignificante para una noche tan cruda. Scrooge se vio obligado a acercarse más e inclinarse acurrucado para extraer una mínima sensación de calor de tan escaso combustible. La chimenea era antigua, construida por algún comerciante holandés hacía mucho tiempo, y recubierta de azulejos holandeses con escenas de las Sagradas Escrituras. Había en ellos caínes y abeles, hijas del faraón, reinas de Saba, ángeles mensajeros que descendían por el aire en nubes como lechos de plumas, abrahanes, baltasares, apóstoles que se hacían a la mar en barquichuelas, cientos de figuras que atraían los pensamientos de Scrooge y, sin embargo, aquel rostro de Marley, muerto hacía siete años, llegó como el báculo del antiguo profeta y lo devoró todo.[5] Si cada azulejo hubiese sido un espacio en blanco al principio, con el poder de plasmar en su superficie las imágenes de los dispersos pensamientos de Scrooge, habría aparecido una cabeza de Marley en cada uno.

—¡Tonterías! —dijo Scrooge, caminando de un lado a otro por la habitación.

Dio unas cuantas vueltas y se sentó de nuevo. Al reclinar la cabeza en el sillón, posó casualmente la mirada en una campanilla que no se usaba, que colgaba en la habitación y comunicaba con algún propósito ya olvidado con una cámara de la última planta del edificio. Y mientras la miraba, Scrooge vio con gran asombro y con extraño e inexplicable espanto que empezaba a oscilar. Al principio, oscilaba tan despacio que apenas sonaba. Pero no tardó en sonar con fuerza, y con ella todas las campanillas de la casa.

Esto duraría medio minuto o un minuto, pero pareció una hora. Las campanillas dejaron de sonar igual que habían empezado a hacerlo, a la vez. Se oyó entonces en el

---

5. Alusión al báculo de Arón, que se convirtió en serpiente y devoró a las serpientes de los magos del faraón. Véase Éxodo, 7, 12. (*N. del t.*)

sótano un ruido metálico, como si alguien arrastrara una cadena pesada sobre los toneles de la bodega del vinatero. Scrooge recordó que había oído contar que los fantasmas de las casas encantadas arrastraban cadenas.

La puerta del sótano se abrió de pronto con un ruido estruendoso y Scrooge oyó el sonido mucho más fuerte en las plantas de abajo; luego, escaleras arriba; y, a continuación, acercándose a su puerta.

—¡Tonterías! ¡Sigue siendo un disparate! —dijo Scrooge—. No lo creo.

Pero palideció cuando, sin una pausa, traspasó la puerta maciza y apareció en la habitación delante de él. La llama agonizante del fuego se alzó como si gritara: «¡Lo conozco! ¡El espectro de Marley!», y volvió a encogerse.

El mismo rostro: el mismísimo. Marley con su coleta, el chaleco habitual, las calzas y las botas; las borlas de éstas, de punta, igual que la coleta, los faldones de la levita y el pelo de la parte superior de la cabeza. La cadena que arrastraba le rodeaba la cintura. Era una cadena larga y se retorcía detrás como una cola; y estaba hecha (pues Scrooge la observó detenidamente) de cajas de caudales, llaves, candados, libros contables, acciones y pesadas bolsas de acero. Tenía el cuerpo transparente, de forma que Scrooge, al observarlo mirando por el chaleco, veía también los dos botones de la espalda de la levita.

Scrooge había oído decir muchas veces que Marley no tenía entrañas, pero hasta entonces nunca lo había creído.

No, ni siquiera entonces lo creía. Aunque miraba y volvía a mirar al fantasma y lo veía delante; aunque sentía el efecto escalofriante de su mirada gélida; aunque se fijó en la misma textura del paño que le rodeaba la cabeza y el mentón y que no había visto antes, Scrooge seguía debatiéndose con sus sentidos, incrédulo.

—¿Qué pasa? —le preguntó, cáustico y frío como siempre—. ¿Qué quieres de mí?

—¡Mucho! —Era la voz de Marley, no había duda.

—¿Quién eres?

—Pregúntame quién fui.

—¿Quién fuiste, entonces? —dijo Scrooge, alzando la voz—. Eres quisquilloso para ser un fantasma.

Iba a decir «como fantasma», pero le pareció más apropiado lo otro.

—En vida fui tu socio Jacob Marley.

—¿Puedes... puedes sentarte? —preguntó Scrooge mirándole indeciso.

—Sí.

—Pues siéntate.

Scrooge se lo había preguntado porque no sabía si un fantasma tan transparente se hallaría en condiciones de tomar asiento; y porque creía que, en caso de que fuese imposible, exigiría una explicación embarazosa. Pero el espectro se sentó al otro lado del fuego como si estuviera acostumbrado a hacerlo.

—No crees en mí —sentenció el fantasma.

—No —dijo Scrooge.

—¿Qué pruebas necesitas para convencerte de que soy real, aparte de la de tus sentidos?

—No sé —dijo Scrooge.

—¿Por qué dudas de tus sentidos?

—Porque cualquier insignificancia los afecta. El más leve trastorno digestivo los altera y me engañan. Podrías ser un trocito de carne indigesto, un grano de mostaza, una pizca de queso, un fragmento de patata poco cocida. Seas lo que seas, ¡tienes más de indigestión que de aparición!

No era Scrooge aficionado a bromas y chanzas, ni se sentía entonces de humor para hacerlas. La verdad es que intentaba ser ingenioso para distraerse y aplacar el terror; pues la voz del espectro le alteraba hasta la médula.

Scrooge creía que perdería el control si seguía un momento sentado contemplando aquella mirada gélida y fija. Había algo horroroso, además, en la atmósfera infernal que envolvía al espectro. Scrooge no lo notaba, pero así era. Pues, aunque el fantasma permanecía sentado completamente inmóvil, su cabello, las borlas de las botas y los faldones de la levita parecían aún agitados por el vapor caliente de un horno.

—¿Ves este mondadientes? —preguntó Scrooge, volviendo enseguida a la carga por la razón mencionada, y deseando desviar de sí mismo la mirada pétrea de la aparición aunque sólo fuese un segundo.

—Sí —respondió el fantasma.

—¡Pero si no lo miras! —dijo Scrooge.

—Pero lo veo —dijo el fantasma.

—¡Bien! —repuso Scrooge—. No tengo más que tragármelo y me perseguirá el resto de mis días una legión de duendes, todos creados por mí. Tonterías, te digo... ¡Tonterías!

El espectro lanzó entonces un grito aterrador y agitó la cadena con un sonido tan lúgubre y pavoroso que Scrooge se agarró a los brazos del sillón para no caer desmayado. Pero fue mucho mayor su espanto cuando, al quitarse el fantasma la venda de la cabeza, como si hiciese demasiado calor para llevarla en la casa, ¡se le cayó la mandíbula inferior sobre el pecho!

Scrooge se hincó de rodillas y unió las manos delante de la cara.

—¡Misericordia! —exclamó—. Terrible aparición, ¿por qué me molestas?

—¡Hombre mundano! —respondió el fantasma—, ¿crees en mí o no?

—Sí —contestó Scrooge—. He de creer. Pero ¿por qué recorren la Tierra los espíritus y por qué se me aparecen a mí?

—Se exige a todos los hombres —respondió el fantasma— que el espíritu que hay en su interior ande entre sus semejantes y viaje por todas partes; y si no lo hace en vida, está condenado a hacerlo después de la muerte. Ha de vagar por el mundo (¡ay, pobre de mí!) y presenciar lo que no puede compartir, ¡aunque podría haberlo compartido en vida y convertido en felicidad!

El espectro lanzó otro grito, agitó la cadena y se retorció las manos espectrales.

—Estás encadenado —le dijo Scrooge temblando—. Dime por qué.

—Llevo la cadena que yo mismo forjé en vida —respondió el fantasma—. La hice eslabón a eslabón y vara a vara; me la ceñí por voluntad propia y por mi propia voluntad la llevé. ¿Te extraña la forma que tiene?

Scrooge temblaba cada vez más.

—¿O te gustaría saber el peso y la longitud de la tuya? —continuó el fantasma—. Hace siete navidades era tan larga y tan pesada como ésta. Has seguido forjándola desde entonces. ¡Es una cadena muy pesada!

Scrooge miró el suelo a su alrededor, esperando verse rodeado de una cadena de cincuenta o sesenta brazas, pero no vio nada.

—Jacob —dijo suplicante—. Buen Jacob Marley, cuéntame más. Consuélame, Jacob.

—No puedo hacerlo —repuso el fantasma—. El consuelo corresponde a otras regiones, Ebenezer Scrooge, y lo procuran otros ministros a otra clase de hombres. Ni siquiera puedo decirte lo que querría. Muy poco más se me permite. No puedo descansar, no puedo quedarme, no puedo entretenerme en ningún sitio. Mi espíritu jamás salió de nuestra contaduría —¡escúchame!—, nunca traspasó en vida los reducidos límites de nuestro agujero de cambistas; ¡y me aguardan viajes muy pesados!

Scrooge tenía la costumbre de meterse las manos en los bolsillos de los pantalones cuando reflexionaba. Lo hizo entonces, considerando lo que había dicho el fantasma, pero sin levantarse ni alzar la vista.

—Tienes que haber viajado muy despacio, Jacob —comentó Scrooge en tono grave, aunque humilde y respetuoso.

—¡Despacio! —repitió el fantasma.

—Siete años muerto —caviló Scrooge—. ¿Y viajando todo el tiempo?

—Todo el tiempo —dijo el fantasma—. Sin descanso, sin paz. Con la incesante tortura del remordimiento.

—¿Viajas rápido? —preguntó Scrooge.

—En alas del viento —respondió el fantasma.

—En siete años, deberías haber recorrido un territorio muy extenso —dijo Scrooge.

Al oírlo, el fantasma lanzó otro grito e hizo sonar la cadena tan espantosamente en el profundo silencio de la noche que la Guardia podría haberle acusado de alterar el orden con razón.

—¡Ay!, cautivo, atado y doblemente encadenado —gritó el fantasma—, sin saber que han de pasar siglos de incesante trabajo de criaturas inmortales para que esta Tierra desarrolle plenamente el bien del que es capaz. Sin saber que cualquier espíritu cristiano que trabaja amablemente en su pequeña esfera, sea la que sea, encontrará su vida mortal demasiado breve para sus vastas posibilidades de aprovechamiento. Sin saber que por mucho que uno se arrepienta no puede reparar las oportunidades desaprovechadas de una vida. ¡Pero así era yo! ¡Ay! ¡Así era yo!

—Pero tú siempre fuiste un buen hombre de negocios, Jacob —balbuceó Scrooge, que empezaba a aplicárselo todo a sí mismo.

—¡Negocios! —gritó el fantasma, retorciéndose las manos de nuevo—. La humanidad era mi negocio. El bienestar común era mi negocio; la caridad, la clemencia, la tolerancia y la benevolencia eran mi negocio. ¡Los asuntos de mi oficio sólo eran una gota de agua en el inmenso océano de mi negocio!

Alzó la cadena como si fuese la causa de su inútil sufrimiento y volvió a dejarla caer pesadamente al suelo.

—En esta época del año es cuando más sufro —dijo el espectro—. ¿Por qué caminé entre mis semejantes con los ojos bajos y nunca los alcé a la bendita estrella que guió a los Magos a una humilde morada? ¿No había hogares pobres a los que su luz me guiase?

Scrooge se sintió muy consternado al oírle seguir en el mismo tono y empezó a temblar exageradamente.

—¡Escúchame! —gritó el fantasma—. Se me acaba el tiempo.

—Te escucharé —dijo Scrooge—. ¡Pero no me tortures! ¡Habla sin rodeos, Jacob! ¡Te lo suplico!

—No sé cómo aparezco ante ti de forma que puedes verme. He permanecido invisible a tu lado días sin cuento.

La idea no le pareció agradable a Scrooge, que tembló y se enjugó el sudor de la frente.

—No es un aspecto leve de mi castigo —prosiguió el fantasma—. Esta noche he venido a decirte que aún tienes ocasión y posibilidad de eludir mi destino. Ocasión y posibilidad que te brindo yo, Ebenezer.

—Siempre fuiste un buen amigo —dijo Scrooge—. ¡Gracias!

—Te visitarán tres espíritus —añadió el fantasma.

El semblante de Scrooge parecía casi tan abatido como el del espectro.

—¿Se trata de la ocasión y la posibilidad que has mencionado, Jacob? —preguntó, con voz titubeante.

—Sí.

—Yo... creo que preferiría que no lo hicieran —dijo Scrooge.

—Sin sus visitas no podrás eludir el camino que yo he

recorrido —dijo el fantasma—. Espera al primero mañana, cuando la campana dé la una.

—¿No podría recibirlos a todos al mismo tiempo y acabar con ello de una vez, Jacob? —sugirió Scrooge.

—Espera al segundo la noche siguiente a la misma hora. Y al tercero, la noche siguiente, cuando cese la vibración de la última campanada de las doce. No esperes volver a verme; y, por tu propio bien, ¡procura recordar lo que ha pasado entre nosotros!

Cuando acabó de hablar, el espectro recogió de la mesa su paño y se lo ató a la cabeza como antes. Scrooge supo lo que hacía al oír el chasquido de sus dientes cuando la venda le unió de nuevo las mandíbulas. Entonces se atrevió a alzar la vista y vio a su visitante sobrenatural frente a él de pie, con la cadena enrollada en el brazo.

La aparición retrocedió, y, a cada paso que daba, iba abriéndose poco a poco la ventana, de manera que cuando llegó a ella estaba completamente abierta. Le indicó por señas que se acercara, y Scrooge obedeció. Cuando estaba a dos pasos de él, el espectro de Marley alzó la mano, indicándole que no siguiera. Scrooge se detuvo.

No tanto por obediencia, como por sorpresa y miedo: pues, al alzar el espectro la mano, Scrooge oyó ruidos confusos en el aire; sonidos incoherentes de lamento y pesar; gemidos de remordimiento indescriptiblemente tristes. El espectro escuchó un momento y luego se unió a la endecha; y salió flotando a la noche fría y oscura.

Scrooge se acercó a la ventana, muerto de curiosidad. Se asomó.

El aire estaba lleno de fantasmas que vagaban de un lado a otro con impaciente precipitación, gimiendo. Todos llevaban cadenas como el de Marley; algunos iban encadenados juntos (tal vez fuesen de gobiernos culpables); ninguno era libre. Scrooge había conocido personalmente a muchos en vida. Había tratado bastante a un viejo fantasma de chaleco blanco, que llevaba una caja de caudales gigantesca atada al tobillo y que lloraba desconsolado porque no podía ayudar a una pobre mujer con un niño pequeño a los que veía abajo en un portal. El sufrimiento de todos se debía claramente a que intentaban intervenir en los asuntos humanos y habían perdido definitivamente la posibilidad de hacerlo.

Scrooge no supo si aquellas criaturas se desvanecieron en la niebla o la niebla las envolvió. Pero ellas y sus voces desaparecieron al mismo tiempo; y la noche volvió a ser como era cuando él había regresado a casa caminando.

Cerró la ventana y examinó la puerta por la que había entrado el fantasma. Seguía cerrada con dos vueltas de llave, tal como la había cerrado él con sus propias manos, y los pestillos estaban intactos. Intentó decir «¡Tonterías!», pero se interrumpió a la primera sílaba. Y, como necesitaba tanto descansar, debido a las emociones que había soportado, a la fatiga del día, a su vislumbre del mundo invisible, a la deprimente conversación que había mantenido con el espectro o a lo avanzado de la hora, se fue directamente a la cama, se acostó sin desvestirse y se quedó dormido al instante.

Estrofa segunda

EL PRIMER ESPÍRITU

La oscuridad era tan intensa cuando Scrooge despertó, que, desde la cama, apenas podía diferenciar la ventana transparente de las paredes opacas del dormitorio. Mientras intentaba perforarla con sus ojos de hurón, el reloj de una iglesia cercana dio cuatro cuartos. Así que aguzó el oído para oír la hora.

Para su gran asombro, la campana pasó de las seis a las siete, de las siete a las ocho, y siguió hasta las doce; entonces se detuvo. ¡Las doce! Eran más de las dos cuando se había acostado. Aquel reloj se había estropeado. Debía haber entrado un carámbano en la maquinaria. ¡Las doce!

Scrooge pulsó el resorte de su reloj de repetición para que corrigiera el error de aquel otro reloj enloquecido. Pero su reloj dio las doce con rápida y leve pulsación y se detuvo.

—Es imposible que haya dormido todo un día y hasta bien entrada la noche —se dijo—. Es imposible que le haya pasado algo al sol y sean las doce del mediodía.

La idea resultaba inquietante, y Scrooge salió de la cama a gatas y se acercó a tientas a la ventana. Tuvo que frotar el cristal con la manga de la bata para quitar la escarcha y poder ver algo; pero se veía muy poco. Sólo pudo comprobar que todavía había mucha niebla y hacía mucho frío, que no se oía ruido de gente corriendo a un lado y a otro y armando revuelo, como sin duda ocurriría si la noche hubiese vencido al luminoso día y tomado posesión del mundo. Fue un gran alivio, porque si no hubiese días por los que contar, «a tres días vista de esta primera de cambio, páguese al Sr. Ebenezer Scrooge o a su orden», etcétera, tendría tan poco valor como un bono de Estados Unidos.[6]

Scrooge volvió a acostarse y pensó en ello; le dio vueltas y más vueltas, sin sacar nada en limpio. Cuanto más pensaba, mayor era su perplejidad; y cuanto más se esforzaba en no pensar, más pensaba. Le preocupaba sobremanera el espectro de Marley. Cada vez que decidía en su fuero interno, tras prolongada indagación, que todo era un sueño, su mente saltaba como un resorte suelto de nuevo al principio y le planteaba el mismo problema a resolver: «¿Era o no era un sueño?»

Siguió en el mismo estado hasta que el carillón dio otros tres cuartos, y recordó de pronto que el espectro de Marley le había advertido de que le visitaría una aparición cuando la campana diera la una. Decidió seguir despierto hasta que pasara la hora; y tal vez fuese la decisión más juiciosa que podía haber tomado, considerando que era tan fácil que se durmiera como que fuera al cielo.

Aquel cuarto de hora fue tan largo que Scrooge creyó más de una vez que debía haberse dormido sin darse cuen-

6. Debido a la crisis económica de 1837, algunos estados del país (no el gobierno federal) suspendieron el pago de la deuda que habían contraído con inversores extranjeros (muchos ingleses) para financiar obras públicas. (*N. del t.*)

ta y no había oído el reloj. Las campanadas llegaron al fin a su atento oído.

—¡Talán, talán!

—Y cuarto —dijo Scrooge.

—¡Talán, talán!

—¡Y media!

—¡Talán, talán!

—Y tres cuartos —dijo Scrooge.

—¡Talán, talán!

—¡La hora y se acabó! —dijo triunfal.

Lo dijo antes de que sonara la campana de las horas, que dio entonces la UNA con un sonido grave, amortiguado, hueco y melancólico. Al momento, relampagueó la luz en la habitación y se corrieron las cortinas de la cama.

Quiero decir que una mano descorrió las cortinas de la cama. No las de los pies ni las de la cabecera, sino las del lado al que Scrooge miraba. Se descorrieron las cortinas de la cama y Scrooge se incorporó un poco y se vio frente a la misteriosa aparición que las había descorrido: estaba tan cerca de ella como yo de vosotros ahora, y estoy en espíritu a vuestro lado.

Era una criatura extraña: era como un niño, aunque parecía más un anciano que un niño, visto a través de algún medio sobrenatural que hacía que pareciese retroceder y reducirse a las proporciones de un niño. Tenía el cabello blanco de anciano, que le caía por el cuello y la espalda; pero no se le veía ninguna arruga en la cara, cuya tez mostraba la más fresca lozanía. Tenía los brazos muy largos y musculosos; e igual las manos, como si pudiese agarrar con

insólita fuerza. Llevaba las piernas y los pies, delicadísimos en la forma, desnudos, como los miembros superiores. Vestía una túnica del blanco más puro; y le ceñía la cintura un cinturón de luminoso brillo. Llevaba una ramita de acebo en la mano; y, en singular contraste con ese símbolo invernal, adornaban su vestido flores estivales. Pero lo que resultaba más extraño era el rayo de luz que le brotaba de la coronilla, gracias al cual era todo eso visible; y que era sin duda el motivo de que, para los momentos en que brillaba menos, usara a modo de gorro un gran apagavelas, que entonces llevaba bajo el brazo.

Aunque ni siquiera era esa su característica más extraña, según advirtió Scrooge al examinarlo con más detenimiento. Pues mientras su cinturón relumbraba y lanzaba destellos a un lado y a otro, alternativamente, y lo que era luz un instante era oscuridad al siguiente, también la claridad de la figura fluctuaba, y tan pronto tenía sólo un brazo o una sola pierna, como veinte piernas, o un par de piernas sin cabeza, o una cabeza sin cuerpo, sin que se viese ningún contorno de las partes que se desvanecían en la profunda oscuridad. Y en medio del asombro que esto provocaba, volvía de pronto a ser lo mismo: nítido y claro como siempre.

—¿Eres el espíritu cuya llegada me anunciaron? —preguntó Scrooge.

—¡Sí!

Tenía una voz dulce y suave. Singularmente baja, como si en vez de estar a su lado, estuviese muy lejos.

—¿Quién y qué eres? —preguntó Scrooge.

—Soy el fantasma de las navidades pasadas.

—¿Pasadas hace mucho? —dijo Scrooge, considerando su minúscula estatura.

—No. De tu pasado.

Tal vez Scrooge no hubiera sabido qué decir si alguien le hubiese preguntado por qué, pero el hecho es que sintió un deseo intenso de ver al espíritu con el gorro puesto; y le pidió que se cubriese.

—¿Cómo? —exclamó el fantasma—. ¿Apagarías tan pronto con manos terrenales la luz que doy? ¡Es que no basta que seas uno de los que hicieron con sus pasiones este gorro y me obligan a llevarlo encasquetado años y años!

Scrooge negó respetuosamente toda intención de ofender y todo conocimiento de haberle «encasquetado» el gorro a sabiendas en ninguna época de su vida. Luego se atrevió a preguntarle qué asunto lo había llevado allí.

—¡Tu bienestar! —dijo el fantasma.

Scrooge se declaró muy agradecido, aunque pensó sin poder evitarlo que una noche de reposo sin interrupciones habría contribuido más a ese fin. El espíritu debió de oírle pensar, porque dijo al momento:

—Tu salvación, entonces. ¡Escúchame bien!

Mientras hablaba, tendió su fuerte mano y le agarró el brazo con delicadeza.

—¡Levántate y acompáñame!

Habría sido inútil que Scrooge alegara que el tiempo y la hora no eran adecuados para fines pedestres, que la cama estaba caliente y el termómetro muy por debajo de cero; que él estaba vestido sólo a la ligera, con pantuflas, bata y gorro de dormir; y que en aquel momento tenía catarro. Aunque la mano que le asía era suave como la de una mujer, no podía resistirse a ella. Scrooge se levantó, pero, al ver que el espíritu se dirigía hacia la ventana, le agarró la túnica, suplicante.

—Yo soy mortal —protestó— y puedo caerme.

—Aguanta sólo el roce de mi mano ahí —dijo el espíritu, posándole la mano en el corazón—, y te mantendrás firme para más que esto.

Y, tras esas palabras, atravesaron el muro y se encontraron en un camino rural entre campos sembrados. La ciudad se había desvanecido. No se veía el menor vestigio de ella. La oscuridad y la niebla habían desaparecido también, pues era un día de invierno frío y claro, y la nieve cubría la tierra.

—¡Santo cielo! —exclamó Scrooge, uniendo las manos mientras miraba a su alrededor. Yo me crié aquí. ¡Viví aquí de pequeño!

El espíritu le miró afablemente. Su leve roce, aunque había sido ligero y momentáneo, parecía aún presente en la sensibilidad del anciano. Scrooge percibía los mil olores que flotaban en el aire, cada uno relacionado con mil ideas, posibilidades, alegrías e inquietudes olvidadas hacía muchísimo tiempo.

—Te tiemblan los labios —le dijo el espíritu—. ¿Qué tienes en la mejilla?

Scrooge susurró con voz extrañamente quebrada que era un grano y rogó al fantasma que le llevara a donde quisiera.

—¿Recuerdas el camino? —le preguntó entonces el espíritu.

—¿Que si lo recuerdo? Podría recorrerlo con los ojos vendados.

—¡Es extraño que lo hayas olvidado tantos años! —comentó el fantasma—. Vamos.

Siguieron la carretera; Scrooge reconocía todos los portones, los postes y los árboles. Hasta que se divisó a lo lejos una pequeña población mercantil, con su puente, su iglesia y su río sinuoso. Vieron unos potros de largas crines que trotaban hacia ellos, montados por muchachos que llamaban a otros muchachos que iban en calesas y carretas guiadas por campesinos. Todos los chicos estaban muy contentos y se gritaban unos a otros, llenando de alegre música los anchos campos hasta que el aire fresco reía al oírla.

—Sólo son sombras de lo que fueron —dijo el fantasma—. No advierten nuestra presencia.

Los joviales viajeros avanzaron hacia ellos y cuando llegaron a su altura, Scrooge los reconocía y los nombraba a todos. ¿Por qué se regocijaba tanto al verlos? ¿Por qué le brillaban los ojos gélidos y le brincaba el corazón cuando pasaban? ¿Por qué le llenaba de gozo oírles desearse feliz Navidad unos a otros cuando se separaban en los cruces de caminos para seguir cada cual a su casa? ¿Qué significaba feliz Navidad para Scrooge? ¡A paseo feliz Navidad! ¿Qué bien le había procurado a él?

—La escuela no está vacía del todo —dijo el fantasma—. Queda un niño solitario, abandonado por sus amigos.

Scrooge dijo que ya lo sabía. Y sollozó.

Dejaron la carretera por un camino bien recordado y no tardaron en llegar a una mansión de ladrillo rojo apagado, con una pequeña cúpula coronada por una veleta en el tejado y una campana. Era una casa grande, pero había conocido tiempos mejores; pues apenas se usaban sus espaciosas dependencias, que tenían los muros llenos de humedades y moho, las ventanas rotas y las verjas desvencijadas. Las aves de corral cloqueaban y correteaban en las cuadras; y la maleza había invadido las cocheras y los cobertizos. El interior no conservaba mejor su antiguo esplendor; pues al entrar en el oscuro zaguán y mirar por las puertas abiertas de muchas habitaciones, las vieron pobremente amuebladas, frías e inmensas. Impregnaba el ambiente un olor a tierra, una gelidez de lugar vacío, que se relacionaba de algún modo con madrugones a la luz de la vela y escasa comida.

Cruzaron ambos, el fantasma y Scrooge, el zaguán hasta una puerta de la parte posterior de la casa. La puerta se abrió ante ellos y vieron una estancia alargada, melancólica y vacía, que lo parecía más por las hileras de bancos y pupitres de madera de pino sin pulir. En uno de ellos, un niño solitario leía al lado de un fuego mortecino. Al ver al pobre niño olvidado que había sido, Scrooge se sentó en un banco y lloró.

No le pasaron desapercibidos los ecos latentes de la casa, ni el chillido y el correteo de los ratones detrás de los paneles, ni el goteo del canalón del corral que empezaba a deshelarse, ni el susurro entre las ramas sin hojas de un álamo abatido ni el ocioso vaivén de la puerta de la bodega vacía, ni siquiera el crepitar del fuego, todo lo cual produjo en él el efecto de ablandarle el corazón, dando rienda suelta a las lágrimas.

El espíritu le tocó en el brazo y señaló al muchacho que había sido, concentrado en la lectura. De pronto, vieron por la ventana a un hombre de extraña indumentaria —aunque de aspecto prodigiosamente real y nítido—, que llevaba un hacha al cinto y tiraba de la brida de un burro cargado de leña.

—Pero ¡si es Alí Babá! —exclamó Scrooge extasiado—. El mismísimo Alí Babá. ¡Sí, sí, ya sé! Unas navidades, cuando ese niño solitario se quedó ahí completamente solo, él apareció por primera vez igual que ahora. ¡Pobrecillo! Y Valentín —añadió—, y su hermano salvaje Urson, míralos. Y, ¿cómo se llama el que dejaron dormido en calzones a la puerta de Damasco? ¿No lo ves? Y el caballerizo del sultán al que los genios pusieron boca abajo. Ahí está de cabeza. Le está bien empleado. Me alegro. ¿Por qué tenía que casarse él con la princesa?[7]

Habría sorprendido muchísimo a sus colegas de la ciudad que Scrooge concentrara toda la seriedad de su carácter en tales asuntos, hablando en aquel tono insólito, entre la risa y el llanto, y ver tanta emoción y sentimiento en su semblante.

—¡Ahí está el loro! —exclamó Scrooge—. El cuerpo verde y la cola amarilla, con una especie de lechuga en lo alto de la cabeza. Pobre Robinsón Crusoe, le dijo cuando volvió a casa después de circunnavegar la isla. «Pobre Robinsón Crusoe, ¿dónde has estado, Robinsón Crusoe?» El hombre creía que estaba soñando, pero no era así. Era el loro,

---

7. Personajes de *Las mil y una noches*. «Al que dejaron dormido a la puerta de Damasco» y «el caballerizo del sultán» pertenecen a la historia del visir Narud-d-din y de su hermano Chemsu-d-din.

Valentín y su hermano salvaje son personajes de la novela caballeresca francesa *Valentin et Urson* (1498) sobre dos hermanos, uno criado en el bosque y otro en la corte real. (*N. del t.*)

¿sabes? ¡Ahí va Viernes corriendo a todo correr para salvarse! ¡Oye! ¡Eh! ¡Hola!

Luego, en un rápido cambio muy ajeno a su carácter habitual, compadeciéndose del muchacho que había sido, dijo «¡Pobrecillo!», y lloró de nuevo.

—Ojalá... —masculló, metiéndose las manos en los bolsillos de los pantalones y mirando a su alrededor, después de secarse los ojos con el puño—, pero ya es demasiado tarde.

—¿Qué pasa? —preguntó el espíritu.

—Nada —contestó Scrooge—. Nada. Sólo que anoche un niño se puso a cantar un villancico en mi puerta. Me gustaría haberle dado algo.

El espíritu sonrió pensativo, y agitó la mano diciendo:

—¡Veamos otra Navidad!

Con estas palabras, el niño que había sido Scrooge creció y la habitación se volvió un poco más oscura y más sucia. Los paneles se encogieron, las ventanas se agrietaron; cayeron del techo fragmentos de yeso que dejaron al descubierto los listones. Pero Scrooge no sabía mejor que vosotros cómo se produjeron esos cambios. Él sólo sabía que todo era como debía de ser; que había ocurrido así, que se había quedado solo de nuevo cuando los otros niños se marcharon a casa a pasar las felices vacaciones.

Ahora no estaba leyendo, sino que caminaba de un lado a otro sin parar. Scrooge miró al fantasma y se volvió hacia la puerta con ansiedad, cabeceando con tristeza.

Se abrió la puerta y entró corriendo una niña mucho más joven que el niño, al que echó los brazos al cuello y besó una y otra vez, llamándole «queridísimo hermano».

—¡Vengo a buscarte, querido hermano! —dijo la niña, dando palmadas con las manos diminutas e inclinándose para reírse—. ¡Para llevarte a casa, a casa, a casa!

—¿A casa, Fanny? —preguntó el muchacho.

—¡Sí! —contestó la niña pletórica de júbilo—. A casa de una vez por todas, a casa para siempre jamás. ¡Padre es mucho más cariñoso que antes, el hogar parece el paraíso! Una noche me habló tan tiernamente cuando me iba a acostar que me atreví a peguntarle otra vez si podías volver; y me dijo que sí, que podías volver; y me ha enviado en un coche a buscarte. ¡Vas a ser un hombre! —añadió, abriendo los ojos—, y no tendrás que volver nunca aquí; pero antes pasaremos juntos las navidades y nos divertiremos como nunca.

—¡Eres toda una mujer, Fanny! —exclamó el niño.

Ella dio una palmada, riéndose, e intentó acariciarle la cabeza; pero como era demasiado pequeña, volvió a reírse y se puso de puntillas para abrazarle. Luego empezó a tirar de él hacia la puerta con impaciencia infantil; y él la acompañó de muy buena gana.

«¡Bajad enseguida el baúl del señorito Scrooge!», gritó una voz terrible en el zaguán, donde apareció el maestro en persona, que lanzó una furiosa mirada de condescendencia al señorito Scrooge y le sumió en un estado de ánimo espantoso estrechándole la mano. Luego les llevó a él y a su hermana a una sala gélida, lo más parecido a un antiguo pozo que se haya visto jamás, con los mapas de la pared y los globos terráqueo y celeste de las ventanas cerúleos de frío. Allí, sacó una licorera de vino curiosamente claro y un trozo de pastel curiosamente apelmazado y ofreció porciones de semejantes exquisiteces a los jóvenes, al mismo tiempo que enviaba a un criado flaco a ofrecer un vaso de «algo» al postillón, que respondió que se lo agradecía al caballero, pero que si era la misma espita que había probado antes prefería abstenerse. El baúl del señorito Scrooge estaba ya atado en lo alto del coche y los hermanos se despidieron del profesor muy contentos; subieron al coche y bajaron alegremente por el camino del jardín: las rápidas ruedas salpicaban de escarcha y de nieve las oscuras hojas de los arbustos.

—Una criatura delicada siempre, a quien la más leve brisa podría haber marchitado —dijo el fantasma—. ¡Pero tenía un gran corazón!

—Así es —gritó Scrooge—. Tienes razón. No lo niego, espíritu. ¡No lo quiera Dios!

—Murió ya mujer —dijo el fantasma—, y creo que tuvo hijos.

—Un niño —respondió Scrooge.

—Cierto —dijo el fantasma—. ¡Tu sobrino!

Scrooge parecía preocupado; y respondió con un escueto «Sí».

Acababan de dejar el colegio atrás, pero se encontraban ya en las concurridas calles de una población, por las que iban y venían misteriosos transeúntes; en las que oscuros carros y coches se disputaban el paso y se hacían presentes el ajetreo y el bullicio de una verdadera ciudad. Los adornos y artículos de las tiendas demostraban que allí también volvía a ser Navidad, pero era de noche y las calles estaban iluminadas.

El espíritu se paró a la puerta de un almacén y preguntó a Scrooge si lo conocía.

—¿Que si lo conozco? —dijo Scrooge—. ¡Pero si fui aprendiz aquí!

Entraron. Vieron a un anciano con gorro de estambre, sentado a una mesa tan alta que habría dado con la cabeza en el techo si hubiese medido dos dedos más.

—¡Pero si es el bueno de Fezziwig! ¡El pobre Fezziwig vivo de nuevo! —exclamó Scrooge entusiasmado.

El anciano Fezziwig dejó la pluma y miró el reloj, que marcaba las siete. Se frotó las manos; se ajustó el amplio chaleco; se rió con todo su ser, desde los pies al órgano de la benevolencia;[8] y llamó con voz fuerte, jovial, sonora, afable y tranquila:

—¡Eh, vamos! ¡Ebenezer! ¡Dick!

Acudieron con presteza los dos aprendices: el joven Scrooge y su compañero.

—¡Es Dick Wilkins, seguro! —le dijo Scrooge al fantasma—. Sí, válgame Dios. El mismo. Me tenía mucho cariño Dick. ¡Pobre Dick! ¡Ay, Señor!

—Bien, muchachos, se acabó el trabajo por hoy —dijo Fezziwig—. Nochebuena, Dick. ¡Navidad, Ebenezer! ¡Cerrad en un periquete! —exclamó, dando una fuerte palmada.

¡Con qué diligencia emprendieron la tarea los dos jóvenes! Había que verlo para creerlo. Salieron a la calle corriendo con los postigos —uno, dos, tres—, los colocaron —cuatro, cinco, seis—, los atrancaron con barras y pasadores —siete, ocho, nueve— y volvieron a entrar resollando

---

8. Según la frenología, que pretendía relacionar las facultades intelectivas y psíquicas con determinadas zonas del cerebro, el «órgano de la benevolencia» se encuentra en la región frontal superior. (*N. del t.*)

como caballos de carreras antes de que se pudiera contar hasta doce.

—¡Vamos! —gritó el anciano Fezziwig, saltando de la mesa alta con agilidad asombrosa—. A recoger, muchachos, y tendremos muchísimo espacio. ¡Vamos, Dick! ¡Venga, Ebenezer!

¡Recoger! No había nada que no recogieran o dejaran de recoger con el bueno de Fezziwig mirando. Lo hicieron en un minuto. Retiraron todo el mobiliario como si lo expulsaran para siempre de la vida pública; barrieron y regaron el suelo, despabilaron las lámparas, amontonaron combustible en el fuego; y el almacén se convirtió en el salón de baile más acogedor, cálido, seco y luminoso que os gustaría ver una noche invernal.

Llegó un violinista con sus partituras, subió a la mesa elevada, la convirtió en orquesta y afinó como cincuenta dolores de estómago. Llegó la señora Fezziwig, con una espléndida sonrisa de oreja a oreja. Llegaron las tres señoritas Fezziwig, radiantes y adorables. Llegaron los seis jóvenes admiradores a los que ellas rompían el corazón. Llegaron todos los empleados y empleadas jóvenes del negocio. Llegó la sirvienta con su primo el panadero. Llegó la cocinera con el amigo íntimo de su hermano, el lechero. Llegó el chico de enfrente, a quien se suponía que su amo no daba comida suficiente y que intentó ocultarse detrás de la chica de dos casas más allá, a quien se demostró que su señora le tiraba de las orejas.

Todos llegaron, uno tras otro; con timidez unos, otros con descaro, algunos con gracia, otros con torpeza; a empujones unos, otros a tirones; todos llegaron de una u otra forma. Y allá se fueron veinte parejas a la vez, las manos a un lado

y luego al otro; pasando por el centro y volviendo a pasar; vueltas y vueltas en diversas etapas de afectuosa agrupación; la primera pareja se equivocaba siempre de sitio al dar la vuelta; seguía la nueva pareja en cuanto llegaba allí; todas las parejas en cabeza al final y ninguna al fondo para ayudarlas. Llegados a este punto, el buen Fezziwig dio unas palmadas para que cesara la danza y gritó «¡Muy bien!», con lo que el violinista sumergió el rostro acalorado en una jarra de cerveza negra dispuesta para ello. Pero al momento empezó de nuevo, desechando el descanso por la reaparición, pese a que aún no había bailarines, como si hubiesen llevado al primer violinista a casa, agotado, echado en un postigo, y él fuese uno nuevo decidido a superarle o perecer.

Bailaron más, y jugaron a las prendas; y bailaron de nuevo; y tomaron pastel y *negus*,[9] y una gran pieza de fiambre asado, y una gran pieza de fiambre guisado, y pastelillos de carne y cerveza abundante. Pero la gran sensación de la velada llegó después de los fiambres, cuando el violinista (un tipo ingenioso, ¡cuidado! ¡De los que conocen su profesión mejor de lo que vosotros o yo pudiéramos haberles enseñado!) atacó «Sir Roger de Coverley».[10] Entonces salieron a bailar el señor Fezziwig y la señora Fezziwig. La primera pareja, además; una tarea difícil, hecha a su medida; veintitrés o veinticuatro parejas, personas con las que no se podía jugar, dispuestas a bailar y sin ninguna intención de caminar.

---

9. Bebida caliente (mezcla de vino, agua, azúcar y limón), inventada, al parecer, por el coronel Francis Negus (muerto en 1732); de ahí el nombre. (*N. del t.*)
10. Danza popular inglesa. (*N. del t.*)

Pero, aunque hubiesen sido el doble —o el cuádruple—, el señor Fezziwig habría estado a su altura, y otro tanto la señora Fezziwig. En cuanto a ella, era digna pareja de él en todos los sentidos. Si no os parece un gran elogio, decidme uno mejor y se lo aplicaré. Parecía que las pantorrillas de la señora Fezziwig emitieran verdadera luz. Brillaban como lunas en todos los momentos de la danza. Nunca podía predecirse qué sería de ellas a continuación. Y cuando el señor y la señora Fezziwig ejecutaron toda la danza (paso adelante y atrás, manos unidas, venia y reverencia, tirabuzón, enhebrar la aguja y vuelta a posición), Fezziwig la remató saltando con tanta destreza que parecía parpadear con las piernas, y volvió a posar los pies en el suelo sin el menor tambaleo.

La fiesta concluyó en cuanto el reloj dio las once. Los señores Fezziwig ocuparon sus puestos, uno a cada lado de la puerta, y estrecharon la mano y desearon feliz Navidad a todos los asistentes según iban saliendo. Cuando se retiraron todos menos los dos aprendices, hicieron lo mismo con ellos; y se fueron apagando así las alegres voces, y los aprendices pudieron irse a sus camas, situadas debajo de un mostrador, en la trastienda.

Scrooge había actuado todo este tiempo como si estuviese fuera de sí. Todo su ser se concentraba en la escena y en su antiguo yo. Lo corroboraba todo, lo recordaba todo, disfrutaba de todo y se hallaba sumido en la más extraña agitación. No se acordó del espíritu hasta el momento en el que los radiantes rostros de los dos aprendices se apartaron de ellos y se dio cuenta de que le estaba mirando y que la luz de su cabeza brillaba muy clara.

—Poca cosa para que esos pobres infelices se sientan llenos de gratitud —dijo el fantasma.

—¿Poca cosa? —repitió Scrooge.

El espíritu le indicó por señas que escuchara a Dick y a su antiguo yo, que se deshacían en elogios a Fezziwig; y, cuando lo hizo, dijo:

—¿Y bien? ¿No tengo razón? Apenas se ha gastado unas libras de vuestro dinero terrenal, tres o cuatro, tal vez. ¿Es tanto para merecer semejantes elogios?

—No se trata de eso —repuso Scrooge, indignado por el comentario, sin darse cuenta de que hablaba como el muchacho que había sido y no como el anciano que era—. No es eso, espíritu. Es capaz de hacernos felices o desdichados; de hacer nuestro aprendizaje ligero o pesado, un placer o un trabajo duro. Digamos que su generosidad consiste en palabras y miradas; en cosas tan nimias e insignificantes que es imposible sumarlas y contarlas; ¿y qué? La felicidad que proporciona es tan grande como si costase una fortuna.

Scrooge notó la mirada del espíritu y se interrumpió.

—¿Qué pasa? —preguntó el fantasma.

—Nada especial —contestó Scrooge.

—Me parece que sí pasa algo —insistió el espíritu.

—No —dijo Scrooge—. No. ¡Me gustaría poder decirle una o dos cosas a mi empleado ahora mismo! Eso es todo.

No bien hubo expresado Scrooge ese deseo, su yo anterior bajó las lámparas; y el fantasma y él se vieron de nuevo juntos al aire libre.

—Me queda poco tiempo —dijo el espíritu—. ¡Rápido!

No se lo dijo a Scrooge ni a nadie que él pudiese ver, pero el comentario produjo un efecto inmediato. Pues Scrooge se vio de nuevo. Ahora era mayor: un hombre en la flor de la vida. Aún no tenía las arrugas rígidas y duras que marcarían su rostro en años posteriores. Pero ya empezaba a mostrar señales de preocupación y de avaricia. Tenía un brillo ávido e impaciente en la mirada que indicaba la pasión que había arraigado y dónde caería la sombra del árbol que crecía.

Ahora no estaba solo, sino sentado al lado de una joven hermosa, vestida de luto, en cuyos ojos chispeaban las lágrimas a la luz del Espíritu de las Navidades Pasadas.

—Poco importa —susurró ella—. A ti, muy poco. Me ha reemplazado otro ídolo; y si te anima y te conforta en el futuro como habría intentado hacer yo, no tengo motivo para lamentarlo.

—¿Qué ídolo te ha reemplazado? —preguntó él.

—Uno dorado.

—¡Esa es la imparcialidad del mundo! —dijo él—. ¡Con nada es más duro que con la pobreza! ¡Y nada se precia de condenar con tanta severidad como la búsqueda de la riqueza!

—Temes demasiado al mundo —susurró ella—. Todas tus esperanzas se han fundido en la de conseguir situarte por encima de su sórdido reproche. He visto desaparecer tus aspiraciones más nobles una tras otra hasta que te domina la pasión del lucro. ¿No es cierto?

—¿Y qué? —replicó él—. ¿Y qué, si me he vuelto mucho más sensato? Contigo no he cambiado.

Ella cabeceó.

—¿He cambiado?

—Nos comprometimos hace mucho tiempo. Entonces los dos éramos pobres y no nos importaba serlo hasta que consiguiéramos mejorar de posición, a su debido tiempo, gracias a nuestra paciente laboriosidad. Tú has cambiado. Cuando nos prometimos eras otro hombre.

—Era un muchacho —dijo él con impaciencia.

—Tu propio sentimiento te demuestra que no eras lo que eres —repuso ella—. Yo sí. Lo que prometía la felicidad cuando ambos sentíamos lo mismo está cargado de amargura ahora que no es así. No diré lo mucho ni lo profundamente que he pensado en esto. Lo importante es que he pensado en ello y que puedo dejarte libre.

—¿Te lo he pedido yo alguna vez?

—Con palabras, no. Nunca.

—Entonces, ¿cómo?

—Con el cambio de carácter; con un ánimo distinto; con otra atmósfera vital, otra ilusión como gran objetivo. Con todo lo que hacía valioso o meritorio mi amor a tu modo de ver. Si esto no hubiese existido nunca entre nosotros —dijo la joven mirándole afablemente pero con firmeza—, dime, ¿me buscarías e intentarías conquistarme ahora? ¡Ah, no!

Él pareció admitir, a su pesar, que esta suposición era justa. Pero dijo, no sin esfuerzo:

—Tú piensas que no.

—Con mucho gusto pensaría lo contrario si pudiera —respondió ella—. ¡Bien lo sabe Dios! Cuando me he dado cuenta de una verdad así, sé lo fuerte e irresistible que ha de ser. Pero si fueses libre hoy, mañana, ayer, ¿puedo creer que elegirías a una chica sin dote, tú, que en tu propia relación con ella lo mides todo por el beneficio, o que, si la eligieses, si traicionases por un momento tu único principio rector tanto como para hacerlo, ¿acaso no sé que luego lo lamentarías y te arrepentirías? Lo sé; y te libero. Embargada de emoción por el amor a aquel que fuiste una vez.

Él iba a decir algo, pero ella continuó, apartando la cabeza de él:

—Tal vez esto te duela —el recuerdo de lo pasado casi me hace esperar que así sea—, pero muy poco tiempo, y desecharás complacido el recuerdo como un sueño infructuoso del que has tenido la suerte de despertar. ¡Que seas feliz en la vida que has elegido!

Ella lo dejó; y se separaron.

—¡Espíritu! —exclamó Scrooge—. ¡No me enseñes más! Llévame a casa. ¿Por qué te deleitas torturándome?

—Otra sombra —dijo el fantasma.

—¡No! —gritó Scrooge—. No. No quiero verla. ¡No me enseñes más!

Pero el espíritu, implacable, le inmovilizó y le obligó a mirar lo que ocurría a continuación.

Se encontraban en otro lugar y en otro escenario: una habitación, no muy bonita ni espaciosa, pero sí muy acogedora. Cerca del fuego invernal, se sentaba una hermosa joven tan parecida a la anterior que Scrooge creyó que era la misma, hasta que la vio: ahora una linda señora que se sentaba frente a su hija. El ruido era tumultuoso en la habitación, pues había en ella más niños de los que podía contar Scrooge en su agitado estado mental; y que, a diferencia del celebrado rebaño del poema, no eran cuarenta que se comportaban como uno, sino que cada uno se comportaba como cuarenta.[11] El resultado era una algarabía tremenda, aunque parecía que no le importaba a nadie; todo lo contrario, madre e hija reían muy contentas y disfrutaban mucho con el bullicio; y la segunda, que no tardó en unirse a los juegos, se vio asaltada sin piedad por los pequeños bandoleros. ¡Qué no hubiera dado yo por ser uno de ellos! Aunque jamás habría sido tan rudo, por supuesto. Ni por todo el oro del mundo le hubiese aplastado el cabello trenzado ni le hubiese tirado de él; y, en cuanto al precioso zapatito, no se lo habría quitado aunque la vida me fuese en ello, ¡líbreme Dios! Y en cuanto a medirle la cintura jugando como ellos, descarada prole, no podría haberlo hecho; habría pensado que se me curvaría el brazo alrededor como castigo sempiterno. Pero lo cierto es que me habría gustado muchísimo acariciarle los labios, lo reconozco; haberle preguntado algo para que los abriera; haberle mirado las pestañas de los ojos bajos, sin un sonrojo; haberle soltado las ondas del cabello, uno de cuyos rizos sería un valiosísimo recuerdo: resumiendo, me habría gustado, lo confieso, tener la despreocupada licencia de un niño y ser al mismo tiempo lo bastante adulto para apreciar su valor.

Pero se oyó entonces una llamada a la puerta, que provocó de inmediato tal revuelo que ella se vio arrastrada, la cara risueña y el vestido maltrecho, en medio de un grupo exaltado y bullicioso justo a tiempo de recibir al padre, que

11. Alusión al poema de William Wordsworth (1770-1850) «Escrito en marzo», donde figuran los versos: «Pasta el ganado / sin alzar la cabeza. Comen cuarenta como uno solo». (N. del t.)

llegó acompañado de un hombre cargado de juguetes y regalos navideños. ¡Cómo arremetieron entonces los chiquillos gritando y forcejeando contra el mozo indefenso! ¡Cómo le asaltaron empleando sillas a modo de escaleras para meterle la mano en los bolsillos y despojarle de los paquetes, agarrándole con fuerza el pañuelo del cuello, abrazándole, aporreándole la espalda y dándole puntapiés en las piernas con cariño incontenible! ¡Con qué gritos de alegría y asombro se recibía el descubrimiento de cada paquete! ¡Y el pavoroso anuncio de que se había sorprendido al bebé en el momento de meterse en la boca una sartén de juguete y estaban casi seguros de que se había tragado un pavo de mentira pegado a una bandeja de madera! ¡El gran alivio al comprobar que era una falsa alarma! ¡La alegría, la gratitud y el éxtasis! ¡Todo ello inenarrable por igual! Baste decir que los niños y sus emociones salieron poco a poco de la sala y subieron la escalera hasta el último piso, donde se acostaron y así se calmaron.

Scrooge observó más atento que nunca cuando el dueño de la casa, con su hija apoyada en él cariñosamente, se sentó con ella y con la madre junto a la chimenea; y, al pensar que una criatura tan llena de gracia y tan prometedora como aquella podría haberle llamado padre y haber sido una primavera en el lúgubre invierno de su vida, se le nubló bastante la vista.

—Belle —dijo el marido, volviéndose a su esposa con una sonrisa—, esta tarde he visto a un antiguo amigo tuyo.

—¿Quién era?

—¡Adivínalo!

—¿Cómo? ¡Espera, no me lo digas! —añadió ella rápidamente, riéndose al ver que él se reía—. El señor Scrooge.

—El mismo. Pasé por su oficina y no pude evitar verle porque la ventana estaba abierta y había una vela encendida en el interior. Me han dicho que su socio se está muriendo; y allí estaba él sentado solo; completamente solo en el mundo, creo.

—¡Espíritu! —dijo Scrooge con voz quebrada—, llévame de este lugar.

—Ya te he dicho que son sombras de lo que fueron —dijo el fantasma—. ¡No me culpes a mí de que sean lo que son!

—¡Llévame de aquí! —exclamó Scrooge—. ¡No lo soporto!

Se volvió al fantasma y al ver que le miraba con una cara en la que, de algún modo extraño, había fragmentos de todos los rostros que le había mostrado, forcejeó con él.

—¡Déjame! ¡Llévame de aquí! ¡No me atormentes más!

En la lucha, si puede llamarse lucha aquello, pues el fantasma no ofrecía ninguna resistencia visible, ni parecía que le afectasen los esfuerzos de su adversario, Scrooge observó que la luz que emitía aumentaba y brillaba más; y, relacionándolo vagamente con su influencia sobre él, cogió el apagavelas y se lo encasquetó en la cabeza con un movimiento rápido.

El espíritu quedó atrapado debajo y el apagavelas lo cubrió por completo; pero, aunque Scrooge apretaba con todas sus fuerzas, no conseguía ocultar la luz, que salía a raudales por debajo.

Scrooge sintió entonces un gran agotamiento y una somnolencia irresistible; luego cayó en la cuenta de que estaba en su dormitorio. Dio al apagavelas un apretón de despedida, en el que se le relajó la mano, consiguió llegar a la cama tambaleante y se sumió en un sueño profundo.

Estrofa tercera

EL SEGUNDO ESPÍRITU

Scrooge se despertó con un ronquido estruendoso y, al incorporarse en la cama para ordenar los pensamientos, no necesitó que le dijeran que la campana estaba de nuevo a punto de dar la una. Tenía la impresión de que había recuperado la conciencia justo a tiempo de recibir al segundo mensajero que se le enviaba por intervención de Jacob Marley. Pero notó un frío desagradable cuando empezó a preguntarse qué cortinas correría el nuevo espectro y las corrió todas él mismo; se recostó y estableció una atenta vigilancia alrededor de la cama. Porque deseaba abordar al espíritu en el instante de su aparición, no quería que le pillara desprevenido y ponerse nervioso.

Los caballeros de talante desenfadado que se jactan de sabérselas todas expresan el amplio alcance de su capacidad de aventura observando que se les da bien lo que sea, desde jugar a la rayuela hasta el homicidio; extremos entre los que, sin duda, hay una gama de temas bastante amplia. Sin aventurar semejante osadía para Scrooge, no me importa invitaros a creer que estaba preparado para un amplio abanico de apariciones, y que ninguna, desde un niño pequeño hasta un rinoceronte, le habría asombrado mucho.

Mas, preparado como estaba Scrooge para casi todo, no lo estaba para nada; así que cuando la campana dio la una y no vio ninguna aparición, se apoderó de él un violento temblor. Transcurrieron cinco minutos, diez minutos, un cuarto de hora, y no ocurrió nada. Todo ese tiempo permaneció Scrooge en la cama, centro y núcleo de un rayo de luz rojiza que cayó sobre ella cuando el reloj dio la hora; y que, siendo sólo luz, resultaba más alarmante que doce fantasmas, porque Scrooge no podía desentrañar su significado ni lo que haría; y le inquietaba en algunos momentos la posibilidad de hallarse ante un interesante caso de combustión espontánea, sin tener el consuelo de saberlo.[12] Finalmente, sin embargo, empezó a pensar (como habríamos pensado vosotros y yo desde el principio, pues siempre es quien no está en el apuro quien sabe lo que habría que haber hecho y quien lo habría hecho sin la menor duda), finalmente, digo, Scrooge empezó a pensar que el origen y el misterio de aquella luz fantasmagórica podría hallarse en la habitación contigua, de donde, rastreando su curso más detenidamente, le pareció que llegaba. Cuando esta idea se apoderó de su mente, se levantó sin hacer ruido y se acercó a la puerta arrastrando las pantuflas.

En cuanto posó la mano en el pomo, oyó una voz extraña que le llamaba por su nombre y le pedía que pasara. Scrooge obedeció.

12. «Fenómeno» médico aceptado en amplios sectores en la primera parte del siglo XIX, según el cual, los elementos químicos del organismo humano, en determinadas condiciones, causaban un incendio que consumía a la víctima. En *La casa desolada* de Dickens, un personaje muere por combustión espontánea. (*N. del t.*)

Era su sala. No cabía duda. Pero había experimentado una transformación sorprendente: las paredes y el techo estaban tan adornadas de follaje que la estancia parecía una espléndida arboleda, en la que resplandecían por doquier preciosas bayas. Las lozanas hojas de acebo, muérdago y hiedra reflejaban la luz como múltiples espejuelos; y en la chimenea ardía el fuego más espléndido que hubiese conocido aquel triste hogar petrificado ni en el tiempo de Scrooge ni en el de Marley, ni en los muchísimos inviernos del pasado. Amontonados en el suelo hasta formar una especie de trono había pavos, gansos, caza, volatería, jamones, grandes piezas de asado, cochinillos, largas ristras de embutido, pastelillos y budines navideños, toneles de ostras, castañas asadas, manzanas rojas, jugosas naranjas, peras exquisitas, inmensas tortas de Reyes y cuencos de ponche que llenaban la estancia de delicioso vapor. Allí estaba sentado cómodamente un gigante jovial, de maravilloso aspecto, que portaba una antorcha encendida de forma parecida al cuerno de la abundancia, que alzó para que iluminara a Scrooge cuando éste se asomó a la puerta.

—¡Adelante! —exclamó el fantasma—. ¡Pasa a conocerme mejor, hombre!

Scrooge entró tímidamente e inclinó la cabeza ante él. Ya no era el obstinado Scrooge de antes; y aunque la mirada del espíritu era franca y afable, no deseaba mirarlo.

—¡Soy el Espíritu de la Navidad Presente! —dijo el espíritu—. ¡Mírame!

Scrooge obedeció respetuosamente. El espíritu vestía un manto verde oscuro, ribeteado de piel blanca. La prenda le caía tan holgada que le dejaba al aire el amplio pecho, como si desdeñara cubrirse u ocultarse mediante artificios. Tampoco se cubría los pies, visibles descalzos bajo los amplios pliegues del manto; y a la cabeza llevaba sólo una corona de acebo, con brillantes carámbanos engarzados aquí y allá. Sus rizos de color castaño oscuro eran largos y libres: libres como el rostro jovial, los ojos chispeantes, la mano abierta, la voz alegre, la actitud franca y el aire jubiloso. Llevaba ceñida a la cintura una antigua vaina; pero sin espada, y carcomida por la herrumbre.

—¡Nunca has visto a nadie como yo! —exclamó el espíritu.

—Nunca —repuso Scrooge.

—¿No has salido nunca a pasear con los miembros más jóvenes de mi familia? Quiero decir con mis hermanos mayores, nacidos en los últimos años, pues yo soy muy joven —añadió el fantasma.

—Creo que no —dijo Scrooge—. Me temo que no. ¿Tienes muchos hermanos, espíritu?

—Más de mil ochocientos —dijo el fantasma.

—¡Tremenda familia para mantenerla! —masculló Scrooge.

El Espíritu de la Navidad Presente se levantó.

—Espíritu, llévame a donde quieras —dijo Scrooge sumiso—. Anoche me obligaron y aprendí una lección que surte efecto ahora. Si tienes algo que enseñarme esta noche, permíteme aprovecharlo.

—¡Tócame el manto!

Scrooge obedeció, y se agarró fuerte.

Acebo, muérdago, bayas rojas, hiedra, pavos, gansos, caza, volatería, carne, cochinillos, embutidos, ostras, pastelillos, budines, fruta y ponche se desvanecieron al instante. Y otro tanto la habitación, el fuego, el resplandor rojizo y la noche, y el espíritu y Scrooge se encontraron la mañana de Navidad en las calles de la ciudad, donde (pues el tiempo era crudo) la gente producía una especie de música bronca pero briosa y nada desagradable al rascar la nieve de la calzada amontonada delante de las viviendas y en las terrazas de las casas, lo que provocaba una alegría loca en los niños que la veían caer y esparcirse en pequeñas ventiscas artificiales.

Las fachadas de las casas, y aún más las ventanas, parecían bastante oscuras comparadas con el blanco manto de nieve que cubría los tejados y con la nieve sucia del suelo, en cuya última capa habían abierto profundos surcos las pesadas ruedas de carruajes y carretas; surcos que se cruzaban y volvían a cruzarse muchísimas veces en las bifurcaciones de las avenidas, formando canales intrincados que era difícil distinguir en el denso barro amarillento y el agua congelada. El cielo estaba encapotado, y llenaba las calles más pequeñas una niebla sucia entre derretida y congelada, cuyas partículas más gruesas caían en una llovizna de átomos de hollín como si todas las chimeneas de Gran Bretaña se hubiesen encendido de común acuerdo y ardieran entusiastas. No había nada demasiado alentador en el clima ni en la ciudad, pero reinaba en sus calles un ambiente festivo que no habrían conseguido crear la atmósfera más diáfana y el sol estival más luminoso.

Pues la gente paleaba la nieve de los tejados con afanosa alegría, llamándose unos a otros desde los parapetos e intercambiando bolas de nieve (proyectiles bastante mejores que muchos dardos verbales), y se reían de muy buena gana cuando daban en el blanco y no menos si erraban el tiro. Las pollerías aún no habían cerrado del todo y las fruterías resplandecían esplendorosas. Había grandes canastas panzudas llenas de castañas, en forma de chalecos de alegres y ancianos caballeros, recostadas en las puertas rebosantes de opulencia apoplética. Cebollas españolas moradas de ancha circunferencia brillaban en su grosor como frailes españoles y hacían pícaros guiños desde los estantes a las jóvenes que pasaban y miraban el muérdago con recato. Había pirámides radiantes de peras y manzanas; había racimos de uvas que los amables tenderos colgaban de ganchos bien visibles para que se les hiciese la boca agua gratis a los transeúntes; había montones de avellanas aterciopeladas de color pardo, cuya fragancia evocaba antiguos paseos por los bosques y agradables caminatas con la hojarasca hasta los tobillos; las manzanas de Norfolk, rechonchas y oscuras, realzaban el amarillo de limones y naranjas y rogaban y suplicaban apremiantes con la gran solidez de sus cuerpos jugosos que las llevasen a casa en bolsas de papel para saborearlas después de la comida. Y hasta las carpas, expuestas entre estas selectas frutas en una pecera, aunque pertenecientes a un género torpe y estancado, parecían saber que pasaba algo; y, como peces que eran, boqueaban dando vueltas y vueltas en su pequeño mundo con lenta y parsimoniosa agitación.

¿Y las tiendas de comestibles? ¡Ay, las tiendas de comestibles! Estaban medio cerradas, tal vez con uno o dos postigos echados, pero ¡qué visiones por los resquicios! No era sólo el alegre sonido de la balanza al bajar en el mostrador, ni que carrete y bramante se separaran con tanta rapidez, ni que los botes subieran y bajaran resonantes como trucos de juegos malabares, ni siquiera que los aromas mezclados del té y el café fuesen tan agradables al olfato, ni siquiera que las pasas fuesen tan abundantes y exóticas, las almendras tan sumamente blancas, los trozos de canela en rama tan largos y rectos, las demás especias tan deliciosas y las frutas confitadas tan cubiertas de azúcar fundido que los observadores más indiferentes se sentían primero mareados y luego biliosos. Tampoco se trataba de que los higos fuesen tan húmedos y carnosos o las ciruelas francesas se ruborizasen con modesta acidez en sus cajas primorosamente adornadas, ni de que todo resultase tan apetitoso con sus galas navideñas, sino que los clientes, apresurados e impacientes por la esperanzadora promesa del día, tropezaban unos con otros en la puerta, golpeando violentamente las cestas de mimbre, y se olvidaban las compras en el mostrador, volvían corriendo a buscarlas, y cometían numerosos errores parecidos con el mejor talante posible; mientras que el tendero y los dependientes eran tan francos y animosos que los bruñidos corazones con que se abrochaban los delantales por detrás bien podrían haber sido los propios, que llevasen fuera para que todos pudiesen verlos y para que las grajillas navideñas los picotearan si querían.[13]

13. Alusión al parlamento de Yago (en *Otelo* de Shakespeare, acto 1º, escena 2ª): «...llevaré el corazón en la manga para que lo picoteen las grajas.» (*N. del t.*)

Pero los campanarios no tardaron en llamar a la buena gente a iglesias y capillas, y allá se encaminaron todos y llenaron las calles luciendo sus mejores galas y sus semblantes más risueños. Al mismo tiempo, salieron de numerosas callejuelas, callejones y bocacalles anónimas innumerables personas que llevaban las comidas a las tahonas. Al parecer, aquellos pobres celebrantes interesaban mucho al espíritu, pues se paró, con Scrooge al lado, a la entrada de una panadería y levantaba las tapas cuando sus portadores pasaban, y echaba incienso de su antorcha en las comidas. Y era una antorcha muy singular, pues un par de veces que los que entraban se empujaron e intercambiaron palabras mayores, el espíritu les echó unas gotas de la antorcha y recuperaron de inmediato el buen humor. Pues, según dijeron, era vergonzoso reñir el día de Navidad. ¡Y lo era! ¡Ya lo creo!

A su debido tiempo, cesó el tañido de las campanas y cerraron las panaderías; pero, aun así, había un vago rastro de todas aquellas comidas y del progreso de su cocción en la mancha de humedad que se veía sobre el horno de cada tahona, donde salía vapor del suelo como si las piedras se estuviesen cocinando también.

—¿Da un sabor especial lo que espolvoreas con la antorcha? —preguntó Scrooge.

—Sí. El mío.

—¿Y es bueno para cualquier comida este día?

—Si se da amablemente, sí. I si es pobre, mejor.

—¿Por qué mejor si es pobre? —preguntó Scrooge.

—Porque lo necesita más.

—Espíritu —dijo Scrooge, tras pensarlo un momento—, me asombra que precisamente tú entre todas las criaturas de los muchos mundos que nos rodean, desees limitar las oportunidades de inocente placer de esta gente.

—¡Yo! —gritó el espíritu.

—Les privarías de sus medios de comer cada séptimo día, que con frecuencia es el único que puede decirse que comen en realidad. ¿No es así?

—¡Yo! —gritó el espíritu.

—¿Acaso no intentas cerrar estos lugares el séptimo día? —dijo Scrooge—. Que viene a ser lo mismo.[14]

—¡Que yo intento! —exclamó el espíritu.

—Discúlpame si me equivoco. Se hace en tu nombre, o al menos en el de tu familia.

—Hay algunos en esta Tierra tuya —repuso el espíritu— que pretenden conocernos y que obran con pasión, orgullo, animadversión, odio, envidia, intolerancia y egoísmo en nuestro nombre, y que son tan ajenos a nosotros y a todos nuestros amigos y parientes como si nunca hubiesen existido. Recuérdalo y acúsales de sus obras a ellos y no a nosotros.

Scrooge prometió que lo haría; y siguieron, invisibles como antes, hasta los suburbios de la ciudad. Una notable característica del espíritu (que Scrooge había observado en la panadería) consistía en que, a pesar de su tamaño gigantesco, se adaptaba a cualquier espacio sin problema; y lo mismo estaba en un lugar de techo bajo, con la misma

---

14. Alusión al proyecto de ley de observancia dominical, cuya aprobación se debatía en la época, con la que los domingos cerrarían también las tahonas. (*N. del t.*)

gracia y como criatura sobrenatural, como podría haber estado en cualquier salón majestuoso.

Y tal vez fuese el placer que procuraba al bondadoso espíritu demostrarlo, o su carácter afable y generoso y su simpatía por los pobres, lo que lo llevase directamente a casa del empleado de Scrooge; pues allí se dirigió con Scrooge, bien asido a su manto; y, en el umbral de la puerta, sonrió y se detuvo a bendecir con la antorcha el hogar de Bob Cratchit. ¿Os imagináis? Bob ganaba sólo quince *bobs* por semana; sólo se embolsaba los sábados quince míseros chelines; y, sin embargo, ¡el Espíritu de la Navidad bendijo su hogar de cuatro habitaciones!

Apareció entonces la señora Cratchit, la mujer de Bob, pobremente ataviada con un vestido vuelto ya dos veces, pero adornado con cintas, que son baratas y que lucen mucho sólo por seis peniques; y puso el mantel, con la ayuda de su segunda hija, Belinda Cratchit, también con muchos lazos; mientras el señorito Peter Cratchit hundía un tenedor en la cacerola de las patatas y se metía en la boca las puntas del enorme cuello (propiedad particular de Bob, cedida a su hijo y heredero en honor del día), muy ufano de verse tan elegante, y anhelando lucirse en los parques de moda. Y entraron corriendo dos Cratchit más pequeños, un niño y una niña, gritando que fuera de la panadería habían olido el ganso y habían reconocido que era el suyo; y, deleitándose con gozosos pensamientos de la salvia y la cebolla, los dos pequeños bailaron alrededor de la mesa y pusieron al señorito Peter por las nubes, mientras él (sin enorgullecerse, y aunque el cuello casi le ahogaba) sopló el fuego hasta que las patatas golpearon ruidosamente la tapa de la cacerola para que las sacaran y las pelaran.

—¡Dónde se habrá metido vuestro querido padre! —dijo la señora Cratchit—. Y vuestro hermano, Tiny Tim; ¡y Martha ya había llegado hace media hora la Navidad pasada!

—¡Ya estoy aquí, mamá! —dijo una joven, que apareció mientras la señora Cratchit hablaba.

—¡Ha llegado Martha, mamá! —gritaron los dos pequeños Cratchit—. ¡Viva! ¡Ya verás qué ganso, Martha!

—¡Válgame Dios, cariño, qué tarde llegas! —dijo la señora Cratchit, dándole un montón de besos y quitándole el mantón y el gorro con oficioso celo.

—Anoche nos quedó mucho trabajo por hacer —contestó la niña—, ¡y hemos tenido que acabar esta mañana, mamá!

—¡Bueno! ¡Ahora ya has llegado y no importa! —dijo la señora Cratchit—. ¡Siéntate junto al fuego a calentarte, cariño, Dios te bendiga!

—¡No, no! ¡Que llega padre! —gritaron los dos Cratchit pequeños, que estaban en todas partes a la vez—. ¡Escóndete, Martha, escóndete!

Así que Martha se escondió, y llegó Bob, el padre, con tres palmos de bufanda por lo menos, sin contar el fleco, colgando delante; y con la ropa raída, zurcida y cepillada para estar presentable; y con el pequeño Tim a cuestas. ¡El pequeño Tim, ay, llevaba una muleta y las piernas en un armazón de hierro!

—Pero ¿dónde está Martha? —gritó Bob Cratchit mirando alrededor.

—¡No vendrá! —dijo la señora Cratchit.

—¿Que no vendrá? —dijo Bob, con súbito desaliento, pues había sido el caballo de Tim todo el camino desde la iglesia y había llegado a casa a la carrera—. ¿No va a venir el día de Navidad?

Martha no soportaba ver disgustado a su padre, aunque sólo fuese una broma; así que salió antes de tiempo de detrás de la puerta del armario y corrió a sus brazos, mientras los dos pequeños llevaron a Tiny Tim al lavadero para que oyera cómo cantaba el budín en la cacerola.

—¿Qué tal se ha portado Tiny Tim? —preguntó la señora Cratchit a su marido después de reírse de su credulidad y de que él abrazase a su hija muy contento.

—Como un santo —contestó Bob—. Mejor que un santo. No sé por qué, pero se queda tanto rato sentado y pensativo que se le ocurren las ideas más extrañas. Al venir a casa me ha dicho que esperaba que la gente le hubiera visto en la iglesia porque es un tullido y podría agradarles recordar el día de Navidad quién hizo que los mendigos cojos caminaran y los ciegos vieran.[15]

Bob lo dijo con voz trémula, más trémula cuando añadió que Tiny Tim era cada día más fuerte y más animoso.

Se oyó en el suelo la pequeña muleta del niño, que apareció antes de que se pronunciara otra palabra, escoltado por su hermano y su hermana hasta su taburete junto al fuego; mientras tanto, Bob se remangó los puños —como si pudiesen gastársele más, pobrecillo—, preparó en una

---

15. Alusión a los milagros de Jesús (curación del enfermo de la piscina, en Juan 5, 1; curación de un ciego, en Marcos 8, 22-25). (*N. del t.*)

jarra una mezcla con ginebra y limón, la revolvió bien y la puso en la placa a calentar; el señorito Peter y los dos pequeños Cratchit omnipresentes fueron a recoger el ganso, con el que regresaron enseguida en procesión solemne.

Siguió a su llegada tal bullicio que se diría que un ganso era el ave más rara del mundo, un prodigio con plumas, en comparación con el cual, un cisne negro sería de lo más corriente; y lo cierto es que era algo muy parecido a un fenómeno en aquel hogar. La señora Cratchit calentó la salsa (preparada de antemano en un cazo pequeño) hasta que empezó a hervir; el señorito Peter hizo el puré de patatas con un vigor increíble; la señorita Belinda endulzó la compota de manzana; Martha quitó el polvo a los calientaplatos; Bob sentó a Tiny Tim a su lado en una esquina de la mesa; los dos pequeños Cratchit colocaron las sillas para todos, sin olvidar las suyas, y montaron guardia en sus puestos, metiéndose la cuchara en la boca para no pedir ganso a gritos antes de que les sirvieran cuando llegara su turno. Por fin se colocaron todos los platos y se bendijo la mesa. Siguió una pausa anhelante mientras la señora Cratchit se preparaba para clavar el cuchillo de trinchar en la pechuga; cuando al fin lo hizo y salió el tan esperado relleno, se oyó un murmullo de placer de todos los comensales, y hasta Tim, animado por los dos Cratchit pequeños, golpeó la mesa con el mango del cuchillo y gritó débilmente: «¡Viva!»

Jamás hubo ganso como aquél. Bob dijo que creía que nunca se había guisado un ganso así. Su ternura y sabor, tamaño y baratura fueron temas de admiración general.

Acompañado de la compota de manzana y el puré de patata, fue suficiente para toda la familia; en realidad, como dijo la señora Cratchit muy complacida (mirando un huesecillo minúsculo que quedaba en la fuente), ¡no se lo habían acabado! Pero todos habían tomado suficiente, y, en particular los más pequeños, ¡empapados de salvia y cebolla hasta las cejas! Pero entonces, mientras la señorita Belinda cambiaba los platos, la señora Cratchit salió sola de la habitación —demasiado nerviosa para soportar testigos— a buscar el budín.

¿Y si no se había hecho bastante? ¿Y si se rompía al sacarlo? ¿Y si alguien había saltado la tapia del patio y lo había robado (suposición ante la cual los dos pequeños se quedaron lívidos) mientras ellos disfrutaban del ganso? Imaginaron toda suerte de horrores.

¡Vaya! ¡Gran cantidad de vapor! ¡El budín ya estaba fuera de la cacerola! ¡Olor a día de colada! Era del paño. Olor a restaurante y pastelería contiguos con una lavandería al lado. Eso era el budín. Al medio minuto, volvió la señora Cratchit: colorada, pero sonriendo orgullosa, con el budín tan duro y firme como una bala de cañón moteada que ardía en medio cuartillo de brandy adornado con navideño acebo.

¡Ay, qué maravilloso budín! Bob Cratchit declaró, con todo aplomo, además, que lo consideraba el mayor éxito culinario de la señora Cratchit desde su casamiento. La señora Cratchit dijo que ya se le había olvidado el peso, confesó que había tenido sus dudas sobre la cantidad de harina. Todos tuvieron alabanzas para el budín, pero ninguno dijo ni pensó que era pequeño para una familia numerosa. Hubiera sido una herejía. Cualquier Cratchit se habría sonrojado por insinuar algo semejante.

Al fin terminó la comida, se retiró el mantel, se barrió el hogar y se avivó el fuego. Y una vez probada la mezcla de la jarra, que les pareció perfecta, sacaron a la mesa manzanas y naranjas, y pusieron una paletada de castañas en el fuego. A continuación, toda la familia Cratchit se acercó a la chimenea, en lo que Bob Cratchit llamaba un círculo, queriendo decir un semicírculo; y colocaron la cristalería familiar al lado de Bob Cratchit: dos vasos y una flanera sin asa.

Éstos conservaban la bebida de la jarra tan caliente como lo habrían hecho unas copas de oro; y Bob lo sirvió con expresión radiante, mientras las castañas crepitaban ruidosas. Entonces Bob propuso:

—¡Feliz Navidad a todos! ¡Que Dios nos bendiga!

Y toda la familia lo repitió.

—¡Que Dios nos bendiga a todos! —dijo Tiny Tim el último.

Tim se sentaba en su pequeño taburete muy cerca de su padre. Bob le apretaba una mano en la suya como si amara tanto al niño que deseara tenerlo al lado y temiese que se lo quitaran.

—Espíritu —dijo Scrooge, con un interés que nunca había sentido—, dime si Tim vivirá.

—Veo un asiento vacío —repuso el fantasma— en la esquina de la pobre chimenea, y una muleta sin dueño, cuidadosamente conservada. Si esas sombras no se alteran en el futuro, el niño morirá.

—¡No, no! —dijo Scrooge—. ¡Oh, no, espíritu bondadoso! ¡Dime que se salvará!

—Si esas sombras no se alteran en el futuro, ninguno de mi género lo encontrará aquí. ¿Qué importa? Más vale que muera si ha de hacerlo, y así disminuirá el exceso de población.

Scrooge bajó la cabeza al oír sus propias palabras citadas por el espíritu, abrumado de arrepentimiento y de dolor.

—Hombre —dijo el espíritu—, si eres hombre de corazón y no piedra, evita esa infame hipocresía hasta que descubras cuál es el exceso y dónde radica. ¿Decidirás tú quiénes vivirán y quiénes morirán? Tal vez Dios te considere a ti más despreciable y menos digno de vivir que a millones como el hijo de ese pobre hombre. ¡Santo cielo! ¡Tener que escuchar al insecto en la hoja pronunciarse sobre el exceso de vida entre sus hermanos hambrientos que están en el suelo!

Scrooge aceptó el reproche del espíritu y bajó la mirada tembloroso. Pero la alzó enseguida al oír su nombre.

—¡Por el señor Scrooge! —exclamó Bob—. ¡Brindaré por el señor Scrooge, que financia el banquete!

—¡Que financia el banquete, sí! —gritó la señora Cratchit, acalorándose—. Me encantaría que estuviese aquí. Le diría cuatro verdades a ver si le hacían buen provecho.

—Cariño —dijo Bob—, los niños; Navidad.

—Sí, ¡tendría que ser el día de Navidad —dijo ella— para que se brindase a la salud de un hombre tan duro e insensible, tan tacaño y odioso como el señor Scrooge! ¡Sabes muy bien que lo es, Robert! ¡Nadie lo sabe mejor que tú, desdichado!

—Cariño —fue la comedida respuesta de Bob—, día de Navidad.

—Brindaré a su salud por ti y porque es Navidad, no por él —dijo la señora Cratchit—. ¡Que viva muchos años! ¡Feliz Navidad y feliz Año Nuevo! ¡Estará muy feliz y contento, no me cabe duda!

Los niños brindaron después. Fue lo primero de la velada que hicieron sin entusiasmo. El pequeño Tim brindó el último, aunque le importaba un comino. Scrooge era el ogro de la familia. La mención de su nombre ensombreció la reunión, que tardó más de cinco minutos en volver a animarse.

Y entonces se sintieron diez veces más contentos que antes, de puro alivio por haberse librado de Scrooge el Siniestro. Bob Cratchit les contó entonces que tenía en perspectiva un empleo para el señorito Peter, que supondría, si lo conseguía, cinco chelines y medio a la semana. Los dos Cratchit pequeños se rieron muchísimo imaginando a Peter como hombre de negocios; y el mismo Peter contempló pensativo el fuego entre sus cuellos, como si reflexionara sobre las inversiones que preferiría cuando contase con tan asombrosos ingresos. Martha, que era una pobre aprendiz en una sombrerería, les contó entonces el trabajo que tenía que hacer, cuántas horas seguidas trabajaba y lo que se proponía dormir al día siguiente por la mañana para descansar bien; como era fiesta, pasaría el día siguiente en casa. Y también les contó que había visto a una condesa y a un lord unos días antes, y que el lord era «casi tan alto como Peter»; ante lo cual, Peter se subió tanto los cuellos que no le habríais visto la cabeza si hubierais estado allí. Mientras tanto, las castañas y la jarra no dejaban de circular; y luego escucharon a Tiny Tim cantar una canción sobre un niño que se había perdido en la nieve; el pequeño tenía una vocecilla lastimera y cantó pero que muy bien.

No había en todo eso nada muy notable. No era una familia distinguida; no vestían bien; su calzado no era impermeable ni mucho menos; tenían poca ropa; y Peter podría haber conocido, y era probable que conociera, el interior de una casa de empeños. Pero se sentían felices, agradecidos, a gusto unos con otros y satisfechos de la vida; y cuando se desvanecieron, y parecían todavía más felices a la brillante luz de la antorcha del espíritu, Scrooge siguió mirándolos hasta el final, sobre todo al pequeño Tim.

Ya estaba oscureciendo y nevaba copiosamente; y, mientras Scrooge y el espíritu pasaban por las calles, el resplandor de los fuegos de las cocinas, salones y demás habitaciones era maravilloso. Aquí, el parpadeo de las llamas mostraba los preparativos para una comida íntima con las fuentes delante del fuego y las cortinas granate preparadas para echarlas y mantener a raya el frío y la oscuridad. Allí, todos los niños de la casa salían corriendo a la nieve para recibir a los hermanos y hermanas casados, primos, tíos, tías, y ser los primeros en saludarlos. Aquí, de nuevo, se veían en las cortinas las sombras de los invitados; y allí, un grupo de jóvenes hermosas con capucha y botas de piel caminaban presurosas, hablando todas a la vez, a casa de algún vecino; donde —bien lo sabían ellas, astutas hechiceras—, ¡desdichado el soltero que las viera entrar resplandecientes!

Dado el número de personas que acudían a tan gratas reuniones, podría haberse pensado que no habría nadie en casa para recibirlas cuando llegaran, y no que en cada casa esperaban compañía y llenaban los fuegos hasta media chimenea. ¡Cómo se regocijaba el espíritu, bendito sea! ¡Cómo se descubría el pecho y abría su amplia palma y avanzaba flotando, derramando generosamente su alegría luminosa e inocente sobre todo lo que se hallaba a su alcance! Hasta el farolero que corría delante salpicando la calle oscura con motas de luz, ataviado para pasar la velada en algún sitio, se rió a carcajadas cuando pasó el espíritu, ¡aunque poco sabía él que tenía por compañía la Navidad!

Por último, sin una palabra de aviso por parte del espíritu, se detuvieron en un páramo inhóspito y desierto, salpicado de inmensas moles de piedra, como si fuese un cementerio de gigantes; y el agua se extendía por doquier, o lo hubiese hecho a no ser por el hielo que la aprisionaba, y sólo crecían musgos, tojos y matas de hierba tupida y áspera; al oeste, el sol poniente había dejado un trazo de rojo encendido que brilló un instante en la desolación como una mirada sombría y fue descendiendo hasta perderse en la densa oscuridad de la noche más negra.

—¿Qué lugar es este? —preguntó Scrooge.

—Un lugar en el que viven los mineros, que trabajan en las entrañas de la Tierra —contestó el espíritu—. Pero me conocen. ¡Mira!

Brilló una luz en la ventana de una cabaña y avanzaron velozmente hacia ella. Traspasaron el muro de barro y piedra y encontraron a un grupo alegre, reunido al amor de la lumbre.

Dos ancianos, un hombre y una mujer, con sus hijos, los hijos de sus hijos y la generación siguiente, todos engalanados con su atuendo de fiesta. El anciano cantaba un villancico con voz que rara vez se alzaba sobre el aullido del viento en la yerma inmensidad; ya era un villancico muy antiguo cuando el anciano era niño; y, de vez en cuando, cantaban todos a coro el estribillo. Y cuando ellos alzaban la voz, el anciano se animaba y cantaba más fuerte; y cuando ellos dejaban de cantar, su vigor decaía de nuevo.

No se entretuvo allí el espíritu, sino que pidió a Scrooge que se agarrara al manto y se apresuró a cruzar el páramo. ¿Hacia dónde? Hacia el mar no, ¿verdad? Hacia el mar. Para espanto de Scrooge, que se volvió a mirar y vio el litoral, una cordillera rocosa aterradora; y oyó el estruendo ensordecedor del oleaje que bramaba y rugía entre las pavorosas cuevas que había abierto intentando socavar la Tierra.

Más o menos a una legua de la costa, se alzaba un faro solitario, construido en un lúgubre arrecife de rocas hundidas, batido todo el año por el oleaje embravecido. Enormes montones de algas marinas cubrían su base, y los petreles —nacidos del viento, cabría suponer, como las algas del mar— subían y bajaban a su alrededor rozando las olas.

Pero incluso allí, los dos hombres que atendían el faro habían encendido el fuego, que proyectaba por la tronera del grueso muro de piedra un rayo de luz en el mar tene-

broso. Los fareros unieron las manos callosas sobre la tosca mesa a la que se sentaban, se desearon feliz Navidad uno a otro con sus jarras de ponche; y uno de los dos, el mayor, que tenía la cara curtida por los rigores de los elementos como el mascarón de un viejo navío, entonó una canción que parecía un vendaval.

El espíritu avanzó de nuevo sobre el mar turbulento hasta que llegaron muy lejos de todas las costas, según le dijo a Scrooge, y se posaron en un barco. Se quedaron junto al timonel, el vigía de proa, los oficiales que hacían la guardia; figuras oscuras y fantasmales en sus puestos; pero todos tarareaban una melodía navideña, o pensaban en la Navidad o hablaban en voz baja a su compañero de alguna Navidad pasada, con las esperanzas de regreso características. Y todos los hombres de a bordo, despiertos o dormidos, buenos o malos, habían tenido una palabra más amable para los demás aquel día que cualquier otro del año; y habían participado en su celebración; y habían recordado a sus seres queridos, y sabían que ellos también los recordaban con cariño.

Fue una gran sorpresa para Scrooge, mientras escuchaba el gemido del viento y pensaba lo impresionante que era surcar la oscuridad solitaria sobre un abismo ignoto, cuyas profundidades eran misterios tan insondables como la muerte; fue una gran sorpresa para Scrooge, digo, absorto como estaba de ese modo, oír una carcajada. Y mucho más le sorprendió reconocer la risa de su sobrino y encontrarse en una habitación llena de luz, seca, relumbrante, al lado del espíritu, que contemplaba risueño al sobrino con afable aprobación.

—¡Ja, ja! —se reía el sobrino de Scrooge—. ¡Ja, ja, ja!

Si por una improbable casualidad conocéis a un hombre de risa más dichosa que el sobrino de Scrooge, sólo puedo decir que me gustaría conocerlo también. Presentádmelo y cultivaré su amistad.

Es una norma justa, noble e imparcial que, así como se contagian la enfermedad y la tristeza, no exista en el mundo nada tan irresistiblemente contagioso como la risa y el buen humor. Cuando el sobrino de Scrooge se reía de ese modo (apretándose los costados, agitando la cabeza y torciendo el gesto con las contorsiones más insólitas), la sobrina política de Scrooge se reía con tantas ganas como él. Y sus invitados se reían también a carcajadas.

—¡Ja, ja! ¡Ja, ja, ja, ja!

—Dijo que la Navidad es una tontería, ¡os lo aseguro! —gritó el sobrino de Scrooge—. ¡Y además, lo cree!

—¡Más vergonzoso aún, Fred! —dijo la sobrina de Scrooge indignada. Benditas mujeres, ellas nunca hacen nada a medias. Se lo toman todo a pecho.

La sobrina política de Scrooge era muy guapa, guapísima. Tenía una cara preciosa, con hoyuelos y expresión sorprendida, boca pequeña y labios plenos, que parecían hechos para que los besaran (sin duda los besaban); tenía toda una colección de pequeños lunares en la barbilla que se fundían unos con otros cuando se reía; y los ojos más luminosos que se hayan visto en una criaturita. Era, en suma, lo que se llama provocativa, ya sabéis. Pero irreprochable. ¡Ay, sí, absolutamente irreprochable!

—Es un viejo absurdo —dijo el sobrino de Scrooge—, la

verdad; y podría ser más amable. Pero en el pecado lleva la penitencia, y no tengo nada que decir contra él.

—Seguro que es muy rico, Fred —insinuó la sobrina de Scrooge—. Al menos siempre me lo dices.

—¿Y qué, cariño? —dijo el sobrino de Scrooge—. La riqueza no le sirve de nada. No hace nada bueno con ella. No se procura con ella comodidades. No tiene la satisfacción de pensar —¡ja, ja, ja!— que nos beneficiará a nosotros con ella.

—Yo no lo soporto, no tengo paciencia —comentó la sobrina de Scrooge. Sus hermanas y todas las señoras presentes manifestaron la misma opinión.

—¡Pues yo sí! —dijo el sobrino de Scrooge—. Lo lamento por él; pero no podría enfadarme aunque lo intentara. ¿Quién sufre por sus manías? Él, siempre. Mira, ahora se le ha metido en la cabeza que no puede vernos y que no vendrá a comer con nosotros. ¿Cuál es la consecuencia? No se pierde una gran comida.

—Bueno, yo creo que se pierde una comida excelente —le interrumpió la sobrina de Scrooge. Los demás dijeron lo mismo, y hemos de aceptar que eran jueces competentes, pues acababan de comer; y, con el postre en la mesa, se agrupaban junto al fuego a la luz de la lámpara.

—Bien, me alegro de saberlo —dijo el sobrino de Scrooge—, porque no confío demasiado en estas amas de casa jóvenes. ¿Qué opinas tú, Topper?

Era evidente que Topper había puesto los ojos en una hermana de la sobrina de Scrooge, pues respondió que un soltero era un pobre paria que no tenía derecho a expresar su opinión sobre el tema. Ante lo cual, la hermana de la sobrina de Scrooge se ruborizó (la llenita con canesú de encaje, no la de las rosas).

—Continúa, Fred —dijo la sobrina de Scrooge, dando una palmada—. Nunca termina lo que empieza a decir. ¡Es tan ridículo!

El sobrino de Scrooge volvió a reírse a carcajadas y, como era imposible no contagiarse (aunque la hermana llenita se esforzó por conseguirlo con vinagre aromático), todos siguieron su ejemplo.

—Iba a decir —dijo el sobrino de Scrooge— que, en mi opinión, la consecuencia de que no quiera tratarnos ni divertirse con nosotros es que se pierde algunos momentos agradables que no le vendrían mal. Estoy seguro de que se pierde compañeros más agradables de los que pueda encontrar en sus pensamientos, ya sea en su vieja oficina mohosa o en sus habitaciones llenas de polvo. Pienso ofrecerle la misma oportunidad todos los años, tanto si le gusta como si no, porque me da pena. Puede renegar de la Navidad hasta que se muera, pero no podrá evitar una opinión mejor si voy todos los años de buen humor y le digo: «¿Qué tal, tío Scrooge?» Aunque sólo lo animara a dejarle cincuenta libras a su pobre empleado, ya sería mucho; y creo que ayer le impresioné.

Entonces les tocó a los demás reírse de la idea de que hubiese podido impresionar a Scrooge. Pero Fred era amable y no le importaba mucho de lo que se rieran, con tal de que lo hicieran, así que les animó y les pasó la botella jubilosamente.

Después disfrutaron de la música. Pues eran una familia musical y os aseguro que sabían lo que hacían cuando cantaban un *glee* o un *catch*;[16] en especial Topper, que controlaba a la perfección su atronadora voz de bajo sin que se le hincharan las venas de la frente ni enrojecer. La sobrina de Scrooge tocó bien el harpa; interpretó, entre otras piezas, un aire sencillo (nada especial, aprenderíais a silbarlo en dos minutos), que conocía la niña que había ido a buscar a Scrooge al colegio, como le había recordado el Espíritu de las Navidades Pasadas. Con el sonido de esta variedad musical, a Scrooge se le agolpó en la mente todo lo que le había enseñado el espíritu; se enterneció cada vez más; y pensó que si la hubiese escuchado a menudo todos aquellos años, habría cultivado los aspectos gratos de la vida para la felicidad propia con sus manos en vez de recurrir a la pala del sepulturero que había enterrado a Jacob Marley.

Pero no dedicaron toda la velada a la música. Después jugaron a las prendas; pues es bueno ser niños a veces, sobre todo en Navidad, cuando su poderoso Fundador también era niño. ¡Un momento! Primero jugaron a la gallina ciega. Por supuesto. Y que Topper estuviese de verdad ciego me parece tan inverosímil como que tuviese ojos en las botas. Opino que fue un acuerdo entre él y el sobrino de Scrooge; y que el Espíritu de la Navidad lo sabía. Su forma de seguir a la hermana llenita del canesú de encaje cons-

---

16. *glee*: canción para tres o más voces, sin acompañamiento.
   catch: composición para tres o más voces que cantan el mismo tema una detrás de otra. Variedad de *round* de letra jocosa. (*N. del t.*)

tituía un agravio a la credulidad de la naturaleza humana. Donde iba ella, allí iba él, derribando los accesorios de la chimenea, tropezando con las sillas, chocando con el piano, ahogándose entre las cortinas. Sabía en todo momento dónde estaba la hermana llenita. No atrapaba a ningún otro. Si os hubieseis abalanzado sobre él a propósito, como hicieron algunos, y os hubierais quedado quietos, habría hecho un amago de esforzarse por atraparos que hubiese sido una ofensa a vuestra inteligencia; y se habría deslizado al momento en la dirección de la hermana llenita. Ella gritaba a veces que no era justo, y tenía razón; pero cuando al final la atrapó, cuando, a pesar de los suaves susurros de ella y de sus rápidas carreras para zafarse de él, la pilló en un rincón en el que no había escapatoria, su comportamiento fue de lo más execrable; porque simuló que no sabía quién era; porque alegó que tenía que palparle el tocado y apretarle cierto anillo del dedo y cierta cadena del cuello para cerciorarse de su identidad; ¡fue horrible, monstruoso! Seguro que ella le dijo lo que pensaba cuando hablaron confidencialmente detrás de las cortinas mientras era otro la gallina ciega.

La sobrina de Scrooge no jugó a la gallina ciega. Se acomodó en un sillón con un escabel en un rincón agradable, muy cerca de donde estaban el espíritu y Scrooge, detrás de ella. Pero luego sí jugó a las prendas y amó a su amor a la perfección con todas las letras del alfabeto.[17] Y también

17. Juego de la época, en el que cada jugador coge una letra y dice: «Amo a mi amor con una *A*» (o la letra que sea) «porque...», y añade una serie de datos sobre él que han de empezar por la letra correspondiente. El jugador que vacila o se equivoca, pierde. (*N. del t.*)

en el juego de «cómo, cuándo y dónde» lo hizo muy bien y ganó a sus hermanas, para secreto gozo del sobrino de Scrooge, aunque ellas también eran muy listas, como os habría dicho Topper. Habría unas veinte personas en la reunión, jóvenes y mayores, pero jugaron todos, incluído Scrooge, que, concentrado en la escena, olvidó por completo que no oían su voz y gritaba la respuesta a veces; y con frecuencia acertaba, además; pues la aguja más fina, la mejor Whitechapel con garantía de no cortar el hilo, no era tan aguda como Scrooge, por más obtuso que se empeñase en ser.

El espíritu estaba muy complacido de verlo de este talante y le miraba tan cordialmente que él le pidió como un chiquillo que le dejara quedarse hasta que se marcharan los invitados. Pero el espíritu le dijo que no podía ser.

—Empiezan otro juego —dijo Scrooge—. ¡Media hora, espíritu, sólo un juego más!

Se trataba del juego llamado «sí o no», en el que el sobrino de Scrooge tenía que pensar algo y los demás tenían que adivinar qué era; Fred sólo contestaba sí o no a las preguntas de los otros jugadores. El rápido interrogatorio al que lo sometieron le sonsacó que pensaba en un animal, un animal vivo, bastante desagradable, una fiera, un animal que gruñía y bramaba unas veces y hablaba otras; y que vivía en Londres y caminaba por la calle y no se exhibía ni lo llevaba nadie; y que no vivía en una casa de fieras ni se mataba nunca en un mercado; y no era un caballo, ni un asno, ni una vaca ni un toro, ni un tigre, ni un perro, ni un cerdo ni un gato ni un oso. A cada nueva pregunta que le hacían, su sobrino soltaba una carcajada; y le parecía tan indescriptiblemente divertido que se vio obligado a levantarse del sofá y patear el suelo. Al final, a la hermana llenita le dio un arrebato parecido y gritó:

—¡Ya lo sé! ¡Ya sé lo que es, Fred! ¡Ya lo sé!

—¿Qué es? —gritó Fred.

—¡Tu tío Scro-o-o-o-oge!

Y efectivamente. Acertó. La admiración fue general, si bien algunos objetaron que la respuesta a «¿Es un oso?» tenía que haber sido «Sí», porque la respuesta negativa habría desviado del señor Scrooge los pensamientos de los jugadores, suponiendo que se hubiesen inclinado en esa dirección.

—La verdad es que nos ha proporcionado muchísima diversión —dijo Fred—, y sería una ingratitud no brindar por él. Tenemos un vaso de ponche caliente a mano, así que brindemos: ¡Por tío Scrooge!

—¡Bien! ¡Por tío Scrooge! —gritaron todos.

—¡Feliz Navidad y feliz Año Nuevo al viejo, aunque sea como es! —dijo el sobrino de Scrooge—. No lo aceptaría de mí, pero tal vez acabe haciéndolo. ¡Por tío Scrooge!

Tío Scrooge se había animado tanto sin darse cuenta y estaba tan contento que habría brindado por los presentes y les hubiera dado las gracias con voz inaudible si el espíritu se lo hubiese permitido. Pero toda la escena desapareció con la última palabra pronunciada por su sobrino, y Scrooge se vio otra vez viajando con el espíritu.

Vieron mucho, fueron muy lejos y visitaron muchos hogares, pero siempre con un final feliz. Los enfermos se animaban cuando el espíritu se acercaba a sus lechos; en países extranjeros, y era como si estuviesen cerca de casa; junto a hombres que luchaban, y eran pacientes porque albergaban grandes esperanzas; junto a la pobreza, y era rica. En la casa de beneficencia, el hospital, la misión y en todos los refugios de la miseria, donde el hombre vano con escasa y breve autoridad no había cerrado la puerta al espíritu, que dejó allí su bendición y enseñó sus preceptos a Scrooge.

Fue una noche larga, si es que fue sólo una noche; aunque Scrooge tenía sus dudas al respecto, porque las navidades parecían concentradas en el espacio de tiempo que pasaron juntos. Era extraño, además, que mientras Scrooge no cambiaba en su forma exterior, el espíritu envejecía a ojos vista. Scrooge había observado el cambio, aunque no lo mencionó hasta que se fueron de una fiesta de Reyes infantil y, al mirar al espíritu cuando estaban juntos en un espacio abierto, se fijó en que tenía ya el cabello canoso.

—¿Es tan corta la vida de los espíritus? —le preguntó.

—Mi vida en este globo es muy breve —repuso el espíritu—. Termina esta noche.

—¡Esta noche! —gritó Scrooge.

—Esta noche a las doce. ¡Escucha! La hora se acerca.

En aquel preciso momento, las campanas dieron las once y tres cuartos.

—Perdóname si no tengo razón en lo que pregunto —dijo Scrooge, mirando atentamente el manto del espíritu—, pero veo algo extraño que asoma de tu manto y que no es tuyo. ¿Es un pie o una zarpa?

—Por la carne que lo cubre podría ser una zarpa —contestó afligido el espíritu—. Mira.

Sacó a dos niños de los pliegues del manto: míseros, abyectos, horrendos, desdichados. Se arrodillaron a sus pies y se aferraron a su ropa.

—¡Oh, hombre, mira, fíjate bien, baja la vista! —exclamó el espíritu.

Eran un niño y una niña. Macilentos, escuálidos, harapientos, ceñudos, agresivos; pero también postrados en su miseria. Donde la gracia juvenil debería haber llenado sus rasgos y haberles dado sus tonos más lozanos, una mano marchita y arrugada como la de los viejos los había oprimido, retorcido y destrozado. Donde podrían haberse entronizado los ángeles, acechaban demonios; y miraban amenazadores. Ningún cambio, ninguna degradación, ninguna perversión de la humanidad en cualquier grado, en todos los misterios de la prodigiosa creación, produce monstruos tan horribles y tan aterradores.

Scrooge retrocedió consternado. Habiéndoselos mostrado de aquel modo, intentó decir que eran niños agradables, pero las palabras se le atragantaron para no ser cómplices de una mentira de tal magnitud. Sólo consiguió decir:

—¿Son tuyos, espíritu?

—Son del hombre —contestó el espíritu, bajando la vista hacia ellos—. Y acuden a mí para apelar contra sus padres. El niño es Ignorancia. La niña es Indigencia. ¡Cuídate de ambos y de todos los de su condición, pero sobre todo cuídate de este niño, pues en su frente veo el escrito que es condenación, a menos que lo escrito se borre. ¡Niégalo! —gritó, tendiendo la mano hacia la ciudad—. ¡Calumnia a quienes te lo dicen! ¡Acéptalo para tus objetivos facciosos y empeóralo! ¡Y espera el final!

—¿No tienen ningún refugio ni recurso? —gritó Scrooge.

—¿Acaso no hay prisiones? —dijo el espíritu, acusándolo por última vez con sus propias palabras—. ¿Es que no hay asilos de pobres?

La campana dio las doce.

Scrooge miró a su alrededor buscando al espíritu y no lo vio. Cuando cesó la vibración de la última campanada, recordó la predicción del viejo Jacob Marley y, alzando la vista, contempló a un fantasma sobrecogedor, cubierto y encapuchado, que avanzaba como niebla hacia él.

Estrofa cuarta

EL ÚLTIMO ESPÍRITU

El fantasma se acercó en silencio, lenta, solemnemente. Cuando llegó a su lado, Scrooge se arrodilló, pues parecía sembrar a su paso misterio y oscuridad.

Iba envuelto de la cabeza a los pies en un paño negrísimo, que le cubría la cabeza, el rostro, la figura y sólo dejaba al descubierto una mano extendida. De no ser por ella, habría sido difícil separar su figura de la noche y distinguirla de la oscuridad que la rodeaba.

Cuando llegó a su lado, Scrooge advirtió que era alto y majestuoso y que su misteriosa presencia le llenaba de un temor solemne. No supo nada más, pues el espíritu no habló ni se movió.

—¿Estoy en presencia del Espíritu de las Navidades Futuras? —preguntó Scrooge.

El espíritu no respondió, pero señaló al frente con la mano.

—¿Vas a enseñarme las sombras de las cosas que aún no han ocurrido, pero que ocurrirán en el futuro? —añadió Scrooge—. ¿Es así, espíritu?

La parte superior de su ropa se contrajo en sus pliegues un instante, como si el espíritu hubiese inclinado la cabeza. Fue la única respuesta que recibió Scrooge.

Ya estaba acostumbrado a la compañía fantasmal, pero aquella figura silenciosa le daba tanto miedo que le temblaban las piernas y apenas se aguantaba en pie cuando se dispuso a seguirlo. El espíritu se detuvo un momento, como si advirtiese su estado y le diese tiempo para recuperarse.

Pero eso fue mucho peor. Scrooge se estremeció con un horror vago e impreciso al saber que detrás del sudario pardo había unos ojos fantasmales clavados en él mientras que él, ni siquiera forzando al máximo los suyos, conseguía ver más que una mano espectral y una enorme masa negra.

—¡Fantasma del futuro! —exclamó—. Te temo más que a ninguno de los espectros que he visto. Pero como sé que tu propósito es hacerme bien, y como espero vivir para ser un hombre distinto del que he sido, estoy dispuesto a soportar tu compañía y a hacerlo con gratitud. ¿No hablarás conmigo?

No recibió respuesta. La mano señalaba directamente al frente de donde estaban.

—¡Adelante! —dijo Scrooge—. ¡Adelante! La noche pasa rápidamente y es un tiempo precioso para mí, lo sé. ¡Adelante, espíritu!

El espíritu avanzó del mismo modo que se había acercado a él. Y Scrooge siguió a la sombra de su vestidura, pensaba que le sostenía y le transportaba.

No fue como si entraran en la ciudad, sino más bien como si la ciudad surgiese a su alrededor y los envolviera. Pero allí estaban, en el corazón de la ciudad, en la Bolsa, entre los comerciantes que iban y venían apresurados, haciendo tintinear el dinero en los bolsillos, y conversando en grupos, consultando los relojes, jugueteando con sus grandes sellos de oro y haciendo todo lo demás que les había visto hacer Scrooge tantas veces.

El espíritu se detuvo cerca de un pequeño grupo de hombres de negocios. Scrooge observó que la mano les señalaba y se adelantó para escuchar lo que decían.

—No —dijo un individuo corpulento de mentón monstruoso—. No sé mucho del asunto, en realidad. Sólo sé que ha muerto.

—¿Cuándo? —preguntó otro.

—Me parece que anoche.

—¡Vaya!, ¿y qué le pasó? —terció uno, tomando una enorme cantidad de rapé de una caja muy grande—. Creía que no se moriría nunca.

—¡Sabe Dios! —dijo el primero con un bostezo.

—¿Qué ha sido de su dinero? —preguntó el caballero rubicundo con una excrecencia fláccida en la punta de la nariz que agitaba como el moco de un pavo.

—No tengo ni idea —dijo el de mentón grande, bostezando otra vez—. Se lo habrá dejado a la empresa, quizás. A mí no me lo ha dejado. Es lo único que sé.

Todos rieron la gracia.

—Es probable que sea un funeral muy barato —dijo el mismo individuo—, porque no conozco a nadie que vaya a ir. ¿Y si formamos un grupo y nos ofrecemos voluntarios?

—A mí no me importaría ir si hay almuerzo —puntuali-

zó el caballero de la excrecencia nasal—. Pero tiene que ser un buen almuerzo, porque yo como mucho.

Otra carcajada.

—Bueno, el más desinteresado soy yo, a fin de cuentas —dijo el primero—, porque nunca uso guantes negros ni almuerzo,[18] pero estoy dispuesto a ir si va alguien más. Pensándolo bien, no estoy muy seguro de que no fuese su mejor amigo, pues solíamos pararnos a charlar siempre que nos encontrábamos. ¡Adiós!

Hablantes y oyentes se alejaron paseando y se mezclaron con otros grupos. Scrooge los conocía y miró al espíritu esperando una aclaración.

El fantasma se deslizó por una calle. Señaló con el dedo a dos personas que se encontraban en aquel momento. Scrooge volvió a escuchar, pensando que tal vez ellos le aclarasen las dudas.

También conocía a aquellos hombres, les conocía bien. Eran hombres de negocios: muy ricos y muy importantes. Él siempre había procurado asegurarse su estima, es decir, desde un punto de vista comercial; estrictamente desde un punto de vista comercial.

—¿Qué tal? —dijo uno.

—¿Qué tal? —repuso el otro.

—¡Bien! —dijo el primero—. El viejo diablo ha recibido su merecido al fin, ¿eh?

—Eso me han dicho —repuso el segundo—. Frío, ¿verdad?

---

18. Era costumbre en la época proporcionar guantes negros en los funerales de la clase media. (*N. del t.*)

—Propio de Navidad. No eres patinador, supongo.

—No, no. Tengo otras cosas en que pensar. ¡Buenos días!

Ni una palabra más. Eso fue todo: su encuentro, su conversación y su despedida.

Scrooge se sintió inclinado al principio a considerar sorprendente que el espíritu concediera importancia a conversaciones que parecían tan triviales; pero se convenció de que tenía que haber en ellas algún propósito oculto y se puso a pensar cuál podría ser. No cabía suponer que tuviesen alguna relación con la muerte de Jacob, su antiguo socio, pues eso era el Pasado, y el campo de aquel fantasma era el Futuro. Y no se le ocurría nadie directamente relacionado con él a quien pudiese aplicárselas. Pero estaba seguro de que contenían alguna moraleja relacionada con su superación personal, fuera quien fuese el individuo al que se referían, así que decidió retener cuanto viera y oyera y sobre todo observar a la sombra de sí mismo cuando apareciese. Pues confiaba en que el comportamiento de su yo futuro le daría la clave que se le escapaba y le permitiría resolver sin problema aquellos enigmas.

Miró alrededor buscando su propia imagen; pero vio a otro hombre en su rincón habitual y, aunque el reloj marcaba la hora del día en que él solía acudir allí, no vio ninguna imagen suya entre el gentío que entraba. Pero no le sorprendió mucho; como había estado dándole vueltas a un cambio de vida, pensó ilusionado que aquello significaba que se cumplirían sus nuevos propósitos.

El fantasma seguía a su lado, oscuro y silencioso, con la mano extendida. Cuando Scrooge despertó de su búsqueda reflexiva, la posición de la mano y su dirección respecto a él le hicieron pensar que los Ojos Invisibles le miraban atentamente. Se estremeció y sintió mucho frío.

Dejaron aquel concurrido escenario y fueron a una zona oscura de la ciudad en la que Scrooge no había estado nunca, aunque conocía su emplazamiento y su mala fama. Los caminos eran inmundos y estrechos; las tiendas y las casas, miserables; la gente estaba semidesnuda, borracha, desaliñada, parecía peligrosa. Callejas y pasadizos vertían en las calles inmundas, como otros tantos pozos negros, la afrenta de sus olores, su suciedad y su vida; y todo el barrio apestaba a delito, inmundicia y miseria.

Muy en el interior de esta guarida de infamia, había una tienda lúgubre que sobresalía de la fachada bajo un cobertizo, donde se compraba hierro, ropa vieja, botellas, huesos y despojos grasientos. En el suelo se amontonaban herrumbrosos clavos, llaves, cadenas, bisagras, limas, balanzas, pesas y toda suerte de chatarra. Los secretos que pocos querrían examinar proliferaban y se ocultaban en montañas de trapos sucios, montones de grasa rancia y sepulcros de restos. Un granuja canoso de unos setenta años estaba sentado entre las mercancías que compraba y vendía, al lado de una estufa de carbón hecha con viejos ladrillos. Se protegía del crudo aire exterior con una cortina mugrienta de andrajos diversos colgada de una cuerda, y fumaba su pipa en medio de toda la opulencia de su apacible retiro.

Scrooge y el fantasma llegaron a la presencia de este hombre en el momento en que entraba sigilosamente en la tienda una mujer, cargada con un pesado fardo. Mas, apenas había entrado ella, llegó otra mujer, cargada del mismo modo y a la que seguía de cerca un individuo, vestido de negro desvaído, que no se sorprendió al ver a las mujeres más de lo que se habían sorprendido ellas al reconocerse. Tras unos momentos de perplejidad en que el anciano de la pipa se reunió con ellos, los tres se echaron a reír.

—¡Que la asistenta sea la primera! —gritó la mujer que había llegado antes—. Que la lavandera sea la segunda y que el de la funeraria sea el tercero. ¡Hay que ver qué casualidad, viejo Joe! Ni que nos hubiéramos propuesto encontrarnos aquí los tres.

—No podríais haberos encontrado en mejor sitio —dijo el viejo Joe, quitándose la pipa de la boca—. Pasemos a la sala. Ya sabes que tienes vía libre hace mucho. Y los otros dos no son extraños. Esperad que cierre la puerta de la tienda. ¡Ay, cómo chirría! Creo que no hay aquí ninguna pieza metálica más herrumbrosa que sus goznes; y estoy seguro de que tampoco hay huesos más viejos que los míos. ¡Jajá! Todos nos adecuamos al oficio, nos compenetramos bien. Pasemos a la sala, pasemos a la sala.

La sala era el espacio que quedaba detrás de la cortina andrajosa. El viejo apretó el fuego con la varilla de una alfombra de escalera y, tras despabilar la lámpara con la boquilla de la pipa (pues era de noche), se la llevó de nuevo a la boca.

Mientras hacía todo eso, la mujer que ya había hablado dejó el fardo en el suelo y se sentó en un taburete con descaro, apoyó los codos en las rodillas y miró con aire desafiante a los otros dos.

—¡Qué pasa! ¿Qué pasa, señora Dilber? —dijo—. Cada cual tiene derecho a ocuparse de sí mismo. ¡*Él* siempre lo hizo!

—¡Y tanto! —dijo la lavandera—. Nadie más y mejor que él.

—Entonces, ¿a qué viene esa cara de miedo, mujer, quién es el más listo? Supongo que no vamos a echarnos nada en cara, digo yo.

—Por supuesto que no —dijeron al unísono la señora Dilber y el hombre—. Esperemos que no.

—¡Perfecto! —gritó la mujer—. Ya basta. ¿A quién perjudica la pérdida de unos cuantos objetos como éstos? Supongo que no a un muerto.

—Por supuesto que no —dijo la señora Dilber riéndose.

—Si el miserable avaro quería conservarlos después de muerto —prosiguió la mujer—, ¿por qué no fue normal en vida? Si lo hubiese sido, habría tenido alguien que mirara por él cuando le llegó la muerte en vez de agonizar completamente solo.

—Es la verdad más grande que se haya dicho nunca —sentenció la señora Dilber—. Es un castigo divino.

—¡Ojalá hubiese sido mayor! —replicó la mujer—. Y tened por seguro que lo hubiese sido si yo hubiese podido echarle el guante a algo más. Abre el fardo, viejo Joe, y veamos cuánto vale. Habla claro, no me importa ser la primera, y me tiene sin cuidado que ellos lo vean. Sabíamos muy bien lo que hacíamos antes de encontrarnos aquí, digo yo. No es pecado. Abre el fardo, Joe.

Pero la galantería de sus amigos no lo permitió; y el hombre vestido de negro desvaído dio el primer paso, mostrando *su* botín. No era abundante. Un par de anillos, un plumier, unos gemelos y un broche de escaso valor. Eso era todo. El viejo Joe los examinó y los tasó por separado, anotó en la pared las cantidades que estaba dispuesto a pagar por cada pieza y las sumó cuando vio que aquello era todo.

—Esa es tu cuenta —dijo Joe—. Y no daré un penique más aunque me cuezan vivo. ¡La siguiente!

La siguiente fue la señora Dilber. Sábanas y toallas, unas prendas de ropa, dos cucharillas de plata antiguas, unas tenacillas de azúcar y algunas botas. Joe anotó su cuenta en la pared igual que antes.

—Siempre pago más de la cuenta a las señoras. Es una debilidad que tengo, y es mi ruina —dijo el viejo Joe—. Esa es tu cuenta. Si no te parece bien y me pides un penique más, me arrepentiré de ser tan generoso y la rebajaré una corona.

—Abre mi fardo ahora, Joe —dijo la primera mujer.

Joe se arrodilló para abrirlo más cómodamente y, tras deshacer un montón de nudos, sacó un rollo voluminoso y pesado de tela oscura.

—¿Puede saberse qué es esto? —preguntó Joe—. ¡Cortinas de cama!

—¡Sí! —repuso la mujer, riéndose e inclinándose sobre los brazos cruzados—. Cortinas de cama.

—No irás a decirme que las quitaste con argollas y todo con él en la cama, ¿eh? —preguntó Joe.

—¡Pues claro que sí! —contestó la mujer—. ¿Por qué no habría de hacerlo?

—Naciste para hacer fortuna —dijo Joe—, y sin duda la harás.

—Te aseguro que no me contendré si puedo echar el guante a algo estirando la mano por respeto a un individuo como él, Joe —repuso la mujer tranquilamente—. No derrames ese aceite en las mantas ahora.

—¿Sus mantas? —preguntó Joe.

—¿De quién si no? —repuso la mujer—. No creo yo que pase frío sin ellas, la verdad.

—Espero que no haya muerto de algo contagioso, ¿eh? —dijo el anciano Joe, dejando su tarea y alzando la vista.

—No tengas miedo de eso —repuso la mujer—. No apreciaba tanto su compañía como para acercarme a él por esas cosas si fuese así. Puedes examinar esa camisa hasta que te duelan los ojos, que no encontrarás en ella un agujero ni un roce. Es la mejor que tenía, y excelente, además. La habrían desperdiciado de no ser por mí.

—¿Qué quieres decir con lo de desperdiciarla? —preguntó Joe.

—Pues ponérsela para enterrarlo, por descontado —contestó la mujer riéndose—. Alguien fue tan estúpido como para hacerlo, pero yo se la quité de nuevo. Si el percal no sirve para eso, no sirve para nada. Es bastante adecuado para el muerto. No estará más feo de lo que estaba con esa.

Scrooge escuchaba este diálogo horrorizado. Y los contemplaba agrupados alrededor de su botín a la escasa luz de la lámpara del viejo con un odio y una indignación que no habrían sido mayores si de demonios obscenos comerciando con el cadáver se tratase.

—¡Ja ja! —se rió la misma mujer cuando el viejo Joe sacó una bolsa de franela y les dijo cuáles serían sus diversas ganancias—. Así acaba todo, ya veis. Ahuyentó a todos de su lado en vida para beneficiarnos a nosotros una vez muerto. ¡Ja, ja, ja!

—Ya lo entiendo, espíritu —dijo Scrooge temblando de pies a cabeza—, ya lo entiendo. El caso de ese pobre desdichado podría ser el mío. Mi vida va por ese camino, ahora. ¡Santo cielo! ¿Qué es esto?

Retrocedió espantado, pues la escena había cambiado y se encontraba junto a una cama, casi tocándola: un lecho sin ropa ni cortinas, en el que yacía alguien cubierto por una sábana raída y que, aunque estaba mudo, proclamaba su presencia con lenguaje atroz.

La habitación estaba a oscuras, demasiado para poder examinarla con una mínima precisión, pero Scrooge la inspeccionó siguiendo un impulso misterioso, deseando saber cómo era. Una luz pálida que llegaba del exterior caía directamente en la cama; y, en ella, despojado e inerte, sin nadie que lo velara ni lo cuidara ni lo llorara, yacía el cuerpo de un hombre.

Scrooge miró al fantasma. Su mano firme señaló la cabeza. La sábana estaba tan mal ajustada que el menor movimiento de un dedo por parte de Scrooge habría dejado el rostro al descubierto. Y Scrooge lo pensó, se dio cuenta de lo fácil que sería hacerlo y deseó hacerlo, pero era tan capaz de hacerlo como de despedir al espectro que tenía al lado.

¡Oh, muerte pavorosa, rígida y gélida, levanta aquí tu altar y vístelo con los espantos que controlas, pues este es tu dominio! Pero no puedes mover un pelo de la cabeza amada, venerada y honrada para tus propósitos funestos, ni hacer un solo rasgo detestable. No es que la mano esté inerte y cayese al soltarla; no es que el corazón y el pulso se hayan detenido; sino que la mano estuvo abierta, fue generosa y sincera; y el corazón valeroso, cálido y tierno; y el pulso, humano. Golpea, sombra, golpea. ¡Y mira cómo brotan sus buenas obras de la herida para sembrar el mundo de vida inmortal!

Nadie pronunció esas palabras al oído de Scrooge y, sin embargo, las oyó mientras contemplaba la cama. Y pensó: «Si este hombre pudiese incorporarse ahora, ¿cuáles serían sus primeros pensamientos? ¿Avaricia, intransigencia, afán de acaparar? ¡Lo han llevado a un buen final, sin duda!»

Yacía en la casa vacía a oscuras sin un hombre, una mujer o un niño que dijera: «Fue bueno conmigo en esto o aquello y, en memoria de una palabra amable, seré amable con él.» Un gato arañaba la puerta y se oía roer de ratas debajo de la piedra del hogar. Scrooge no se atrevió a pensar que querían entrar en la habitación de la muerte ni por qué estarían tan inquietos y agitados.

—¡Este lugar es espantoso, espíritu! —dijo—. No olvidaré la lección al dejarlo, confía en mí. ¡Vámonos!

El fantasma aún señalaba con un dedo inmóvil la cabeza.

—Te comprendo —le dijo Scrooge—, y lo haría si pudiera. Pero no tengo fuerzas, espíritu, ¡no tengo fuerzas!

Le pareció que le miraba de nuevo.

—Si hay una persona en la ciudad que sienta la muerte de este hombre —dijo Scrooge angustiado—, ¡enséñamela, te lo suplico!

El fantasma extendió el manto oscuro delante de él un momento como un ala; y al retirarlo, apareció una habitación a la luz del día, en la que había una madre con sus hijos.

La madre esperaba a alguien, y lo esperaba con impaciencia, pues caminaba inquieta a un lado y a otro, se sobresaltaba al más leve ruido, se asomaba a la ventana, miraba el reloj, intentaba en vano seguir con su costura y no soportaba las voces de los niños que estaban jugando.

Al fin se oyó la tan esperada llamada. Ella corrió a la puerta y recibió a su marido: un hombre cuyo rostro mostraba las huellas de las preocupaciones, a pesar de ser joven. Tenía una expresión notable ahora, una especie de alegría embarazosa de la que se avergonzaba y que procuraba contener. Se sentó a tomar la cena que le esperaba junto al fuego, y, cuando su mujer le preguntó con un hilo de voz qué noticias había (tras un largo silencio), se mostró cohibido, sin saber qué contestar.

—¿Buenas o malas? —preguntó ella para ayudarle.

—Malas —contestó él.

—¿Estamos completamente arruinados?

—No, todavía hay esperanza, Caroline.

—Si *él* accede —dijo ella asombrada—, la hay. Si ese milagro se ha producido, aún hay esperanza.

—Ha hecho más que eso —dijo su marido—. Se ha muerto.

Si era cierto lo que su rostro parecía indicar, se trataba de una mujer afable y paciente; pero en el fondo de su alma se sintió agradecida y así lo dijo apretando los puños. Al momento imploró perdón y lo lamentó; pero su verdadera emoción fue la primera.

—Resulta que es totalmente cierto lo que me dijo la borracha de la que te hablé anoche cuando intenté hablar con él para que nos concediera una semana de prórroga, y que tomé por una simple excusa para librarse de mí. No sólo estaba muy enfermo sino agonizando.

—¿Y a quién transferirán ahora nuestra deuda?

—No lo sé. Pero antes de que lo hagan, conseguiremos el dinero; y si no lo conseguimos, sería muy mala suerte que su sucesor fuese un acreedor tan despiadado como él. ¡Esta noche podemos dormir tranquilos, Caroline!

Sí. Libres de aquel peso, estaban más animados. Las caras de los niños, que se callaron y se agruparon alrededor de los padres al oír lo que apenas entendían, eran más alegres; y el hogar era más feliz por la muerte de aquel hombre. La única emoción causada por el suceso que podía mostrar el fantasma a Scrooge era de alegría.

—Permíteme ver alguna muestra de afecto relacionada con una muerte —dijo Scrooge—, o esa cámara oscura que acabamos de dejar no se apartará nunca de mi pensamiento.

El fantasma le llevó entonces por varias calles que Scrooge conocía bien, y en las que intentó encontrarse sin verse en ningún sitio. Entraron luego en casa del pobre Bob Cratchit (la vivienda que él había visitado antes) y encontraron a la madre y a los hijos sentados junto al fuego.

En silencio. Muy callados. Los pequeños Cratchit, tan bulliciosos, estaban quietos como estatuas en un rincón y miraban a Peter, que tenía un libro delante. La madre y las hijas cosían. Pero también guardaban silencio.

—«Y llamando a un niño, lo puso en medio de ellos.»[19]

19. Mateo, 18, 2. (*N. del t.*)

¿Dónde había oído Scrooge aquellas palabras? No las había soñado. El muchacho debía de haberlas leído en voz alta cuando el espíritu y él cruzaron la puerta. ¿Por qué no seguiría leyendo?

La madre dejó la labor en la mesa y se llevó la mano a la cara.

—El color me irrita los ojos —dijo.

¿El color? ¡Ay, pobre Tiny Tim!

—Ya los noto mejor —dijo la mujer de Cratchit—. La luz de la vela los debilita; y no querría por nada del mundo que vuestro padre se diese cuenta. Tiene que estar al llegar.

—Pasa bastante de la hora —repuso Peter cerrando el libro—. Pero creo que camina un poco más despacio que antes estas últimas tardes, madre.

Guardaron silencio de nuevo. Al final, la madre dijo con voz firme y animosa, que sólo se le quebró una vez:

—Le he visto caminar con... Le he visto caminar con Tiny Tim a cuestas muy deprisa.

—Yo también. Muchas veces —gritó Peter.

—¡Y yo también! —exclamó otro. Y todos los demás.

—Pero Tim pesaba muy poco —dijo la madre, concentrada en la labor—, y su padre le quería tanto que no importaba... no importaba. Ya llega vuestro padre.

La mujer corrió a recibir a su marido; y entró Bob con su bufanda, que buena falta le hacía, pobrecillo. Tenía la cena preparada en la placa y todos se desvivieron por atenderle. Luego los Cratchit pequeños se sentaron en sus rodillas y los dos le apoyaron una mejilla en la cara como si le dijesen: «¡No te preocupes, padre! ¡No sufras!»

Bob se mostró muy cariñoso con ellos y habló afablemente a toda la familia. Miró la labor de la mesa y elogió la laboriosidad y rapidez de la señora Cratchit y de las niñas. Acabarían mucho antes del domingo, les dijo.

—¡El domingo! Entonces, ¿has ido hoy, Robert? —dijo su mujer.

—Sí, cariño —contestó Bob—. Ojalá hubieses podido ir tú. Te habría animado, es un lugar tan verde... Pero ya lo verás con frecuencia. Le prometí que iría un domingo. ¡Mi pequeño, hijito mío! —gritó Bob—. ¡Hijito mío!

Perdió el control de pronto. No pudo evitarlo. Tal vez hubiese podido evitarlo si su hijo y él no hubiesen estado tan unidos.

Salió de la sala y subió las escaleras hasta la habitación de arriba, que estaba alegremente iluminada y adornada con muérdago y acebo. Había una silla junto al niño y señales de que alguien había estado allí últimamente. El pobre Bob se sentó en la silla y, cuando se recobró, besó la carita de su hijo. Se había resignado a lo sucedido y bajó con la familia muy feliz de nuevo.

Se acercaron al fuego y conversaron; las hijas y la madre sin dejar la labor. Bob les habló de la extraordinaria amabilidad del sobrino del señor Scrooge, a quien sólo había visto una vez antes y que, al encontrárselo en la calle aquel día y ver que parecía un poco... «sólo un poco triste, ya sabéis», dijo Bob, le preguntó qué había ocurrido que le afligiera.

—Así que se lo conté —dijo Bob—, pues es el caballero más afable que hayáis visto. «Mi más sincero pésame, señor Cratchit. Y mi más sincero pésame a su buena esposa.» Por cierto, no sé cómo se habrá enterado de *eso*.

—¿De qué, cariño?

—Pues de que tú eres una buena esposa —contestó Bob.

—¡Eso lo sabe todo el mundo! —dijo Peter.

—¡Excelente observación, hijo! —exclamó Bob—. Espero que así sea. «Mi más sincero pésame a su buena esposa», dijo, dándome su tarjeta, «ésa es mi dirección. Vaya a verme, por favor.» La verdad es que, más que por lo que pueda hacer por nosotros, me gustó por su amabilidad —dijo Bob—. Parecía realmente que hubiera conocido a nuestro Tim y lo lamentara con nosotros.

—¡Estoy segura de que es una bellísima persona! —dijo la señora Cratchit.

—Más lo estarías —repuso Bob— si lo vieses y hablaras con él. No me sorprendería en absoluto, fíjate lo que digo, que le consiguiera a Peter un empleo mejor.

—Escucha eso, Peter —dijo la señora Cratchit.

—Y luego —exclamó una de las hijas—, Peter conocerá a alguien y se establecerá por su cuenta.

—¡Anda ya! —replicó Peter riéndose.

—Es lo más probable —dijo Bob—, el día menos pensado; aunque falta mucho tiempo para eso, cariño. Pero aunque nos separemos unos de otros cuando sea, estoy seguro de que nunca olvidaremos al pobre Tim.

—¡No, nunca, padre! —exclamaron todos.

—Y sé, lo sé, hijos míos —dijo Bob—, que cuando recordemos lo bondadoso y lo paciente que era el pobre Tim, a pesar de ser tan pequeñito, no reñiremos sin más ni más entre nosotros.

—¡No, nunca, padre! —gritaron todos otra vez.

—Estoy muy contento —dijo el pequeño Bob—. ¡Estoy muy contento!

La señora Cratchit le dio un beso, sus hijas le dieron un beso, los dos pequeños le dieron un beso y Peter le estrechó la mano. ¡El espíritu del pequeño Tim, su esencia infantil, era divina!

—Espectro —dijo Scrooge—, algo me indica que se acerca la hora de separarnos. No sé cómo, pero lo sé. Dime quién era el hombre que vimos en su lecho de muerte.

El Espíritu de las Navidades Futuras le transportó como la vez anterior —aunque en un tiempo distinto, pensó Scrooge: parecía no haber orden en estas últimas visiones, en realidad, salvo que correspondían al futuro— a los centros de reunión de los hombres de negocios, pero sin que él pudiese verse allí. En realidad, el espíritu no se detuvo en aquel lugar, sino que siguió como si tuviese un objetivo hasta que Scrooge le pidió que esperara un momento.

—Este patio que cruzamos deprisa ahora es donde queda mi lugar de trabajo desde hace mucho tiempo. Veo el edificio. Déjame contemplar lo que seré en el futuro.

El espíritu se detuvo; su mano señalaba en otra dirección.

—El edificio está allí —dijo Scrooge—. ¿Por qué señalas otro sitio?

El dedo inexorable no se movió.

Scrooge corrió a la ventana de su despacho y miró al interior. Seguía siendo una oficina, pero no era la suya. El mobiliario era distinto y la persona que se sentaba en la silla no era él. El fantasma seguía señalando como antes.

Scrooge volvió a su lado y lo acompañó, preguntándose dónde iría y por qué, hasta que llegaron a una verja. Se paró a mirar alrededor antes de entrar.

Un camposanto. Así que allí yacía bajo tierra el desdichado cuyo nombre conocería al fin. Era un lugar notable. Rodeado de casas, invadido por la maleza, vegetación de muerte y no de vida; atestado, ahíto de sepulturas. ¡Un lugar notable!

El espíritu se paró entre las sepulturas y señaló una. Scrooge se acercó temblando. El fantasma era exactamente igual que antes, pero Scrooge temía haber visto un significado nuevo en su solemne figura.

—Antes de acercarme más a la lápida que señalas —dijo Scrooge—, contéstame a una pregunta. ¿Son éstas sólo las sombras de lo que podría ser?

El espíritu siguió señalando inmóvil la sepultura junto a la que estaba.

—Los caminos que siguen los hombres preludian ciertos fines a los que los conducirán si perseveran —dijo Scrooge—. Pero si se desvían de su curso, los finales cambiarán. ¡Dime que es así con lo que me enseñas!

El espíritu siguió tan callado como siempre.

Scrooge se acercó a él temblando; y, siguiendo la dirección que señalaba el dedo, leyó en la lápida de la sepultura abandonada su propio nombre: E B E N E Z E R S C R O O G E.

—¿Soy yo el hombre que yacía en la cama? —gritó de rodillas.

El dedo se movió de la tumba a él y volvió a la tumba.

—¡No, espíritu! ¡Oh no, no!

El dedo siguió señalando la tumba.

—¡Espíritu, escúchame! —gritó Scrooge, aferrándose a su manto—. Ya no soy el mismo que era. No seré ya el que habría sido sin esta relación. ¿Por qué me enseñas esto si no tengo esperanza?

Por primera vez, pareció que la mano temblaba.

—Buen espíritu —prosiguió Scrooge cayendo en tierra ante él—. Tu naturaleza intercede por mí y me compadece. ¡Dime que aún puedo cambiar las sombras que me has enseñado si llevo una vida distinta!

La mano amable tembló.

—Honraré la Navidad y procuraré llevarla en mi corazón todo el año. Viviré en el pasado, el presente y el futuro. Los espíritus de los tres vivirán en mí. No olvidaré sus enseñanzas. ¡Oh, dime que puedo borrar el nombre de esta lápida!

Impulsado por la desesperación, Scrooge asió la mano espectral, que se debatió para soltarse, pero él, firme en su empeño, la retuvo. El espíritu le rechazó, más fuerte aún.

Scrooge alzó las manos en una última plegaria para que cambiase su destino y vio que se producía una transformación en la capucha y el manto del fantasma. Se encogió, se desmoronó y quedó reducido a la columna de una cama.

Estrofa quinta
CONCLUSIÓN

¡Sí! Y la columna era la de la cama de Scrooge. La cama era la suya, sí, la habitación era la suya. Y lo mejor, lo más venturoso, ¡el Tiempo que tenía ante él era suyo para poder enmendarse!

—¡Viviré en el pasado, el presente y el futuro! —repitió Scrooge, levantándose de la cama—. Los espíritus de los tres vivirán en mí. ¡Oh, Jacob Marley! ¡Alabado sea Dios y la Navidad por esto! ¡Lo digo de rodillas, Jacob, de rodillas!

Estaba tan agitado y tan pletórico de buenas intenciones que su voz quebrada apenas respondía a su llamada. Había estado sollozando con violencia en su conflicto con el espíritu y tenía la cara llena de lágrimas.

—No las han quitado —gritó Scrooge, abrazando una cortina de la cama—, no se las han llevado con argollas y todo. Siguen aquí, yo sigo aquí, las sombras de lo que podría haber sido pueden disiparse. Y se disiparán. ¡Sé que se disiparán!

No paraba de manipular sus prendas de vestir, moviéndolas, volviéndolas del revés, rasgándolas, colocándolas mal, haciendo con ellas toda suerte de extravagancias.

—¡No sé qué hacer! —exclamó, riendo y llorando al mismo tiempo, y convirtiéndose con sus medias en un verdadero Laocoonte.[20] Me siento tan ligero como una pluma, tan feliz como un ángel, tan alegre como un colegial. Me siento tan mareado como si estuviese ebrio. ¡Feliz Navidad a todos! ¡Feliz Año Nuevo a todo el mundo! ¡Hola! ¡Ah! ¡Hola!

Había entrado saltando en la sala y se quedó allí plantado sin aliento.

—¡El cazo de las gachas! —exclamó, saltando de nuevo y jugueteando delante de la chimenea—. ¡La puerta por la que entró el espectro de Jacob Marley! ¡Y el rincón donde se sentó el Espíritu de la Navidad Presente! ¡Y la ventana por la que vi a los espíritus errantes! ¡Todo está bien, todo es verdad, todo ha ocurrido! ¡Ja-ja-ja!

La verdad es que era una risa espléndida, tratándose de un individuo que llevaba tantos años sin practicar, una risa ilustre. ¡La progenitora de una larguísima estirpe de risas radiantes!

—¡No sé qué día del mes es hoy! —dijo Scrooge—. No sé cuánto tiempo he pasado con los espíritus. No sé nada. Soy un niño pequeño. No importa. No me preocupa. Prefiero ser un niño pequeño. ¡Hola! ¡Eh! ¡Hola!

Interrumpió sus arrebatos el repique de campanas más brioso que había oído jamás: Tolón, talán, tolón tolón, tilín tolón, talán. Talán, tilín tolón, tolón tolón, talán, tolón. ¡Oh, espléndido, espléndido!

---

20. Sacerdote troyano castigado por Atenea a morir estrangulado (con sus hijos) por dos enormes serpientes. El autor alude, sin duda, al célebre grupo escultórico que representa la escena. (*N. del t.*)

Scrooge corrió a la ventana, la abrió y se asomó. No había niebla ni bruma, era un día claro, luminoso, alegre, frío; un frío que pedía a la sangre bailar; dorada luz del sol; cielo azul; aire puro; alegres campanas. ¡Oh, estupendo, estupendo!

—¿Qué día es hoy? —le gritó a un muchacho que vio abajo con ropa de domingo, que tal vez se hubiese rezagado a echar una ojeada.

—¿Qué? —contestó el muchacho con toda su capacidad de asombro.

—Que qué día es hoy, mi buen amigo —dijo Scrooge.

—¿Hoy? —repuso el muchacho—. Hoy es el día de Navidad.

—¡Es el día de Navidad! —se dijo Scrooge—. No me lo he perdido. Los espíritus lo hicieron todo en una noche. Ellos pueden hacer lo que quieran. Ya lo creo. ¡Hola, amigo!

—¡Hola! —repuso el muchacho.

—¿Conoces la pollería que queda a dos calles, en la esquina? —preguntó Scrooge.

—Yo diría que sí —contestó el chaval.

—¡Un chico inteligente! —dijo Scrooge—. ¡Un muchacho excepcional! ¿Sabes si han vendido el pavo especial que tenían colgado? El pequeño no, el grande.

—¿El que es tan grande como yo? —preguntó el chico.

—¡Qué chico más majo! —exclamó Scrooge—. Es un placer hablar con él. ¡Sí, amigo!

—Allí sigue —repuso el chico.

—¿De verdad? —dijo Scrooge—. Ve a comprarlo.

—¡Qué guasón! —exclamó el muchacho.

—No, no —dijo Scrooge—. Hablo en serio. Ve a comprarlo y diles que lo traigan aquí, que yo les daré la dirección a la que tienen que llevarlo. Tú vuelve con el mozo y te daré un chelín. ¡Si vuelves con él en menos de cinco minutos te daré media corona!

El chico salió disparado como una flecha. Aunque habría que tener muy firme el pulso para disparar una flecha la mitad de veloz.

—¡Mandaré que lo lleven a casa de Bob Cratchit! —susurró Scrooge frotándose las manos y partiéndose de risa—. Él no sabrá quién se lo envía. Es el doble de grande que el pequeño Tim. ¡Será una broma mejor que ninguna de Joe Miller![21]

No era firme la mano con que Scrooge escribió la dirección, pero la escribió de todos modos, y bajó la escalera a abrir la puerta de la calle para recibir al mozo de la pollería. Mientras esperaba que llegara, se fijó en la aldaba de la puerta.

—¡La amaré mientras viva! —exclamó Scrooge, acariciándola—. Apenas me fijaba en ella antes. ¡Qué expresión tan sincera tiene! ¡Es una aldaba maravillosa! Aquí llega el pavo. ¡Hola! ¡Estupendo! ¿Qué tal? ¡Feliz Navidad!

¡*Era* un señor pavo! Un ave como aquella no habría podido aguantarse sobre las patas. Se le habrían partido al momento como barritas de lacre.

—¡Caramba! —dijo Scrooge—. Es imposible llevarlo a Candem Town. Tienes que tomar un coche.

La risa con que dijo esto y la risa con que pagó el pavo y la risa con que pagó el coche y la risa con que recompensó al muchacho sólo fueron superadas por la risa con que se

---

21. Joe Miller, actor famoso en Londres de 1709 a 1738. En 1739 se publicó una colección de chistes titulada *Joe Miller Jests, or the WITS Vade-Mecum*. (*N. del t.*)

sentó sin aliento de nuevo en su sillón y siguió riéndose hasta que se le saltaron las lágrimas.

No fue tarea fácil afeitarse, pues seguía temblándole mucho la mano; y el afeitado requiere atención, aunque no bailes mientras lo haces. Pero si Scrooge se hubiese cortado la punta de la nariz, se habría puesto un trocito de esparadrapo y se habría quedado tan ancho.

Luego se vistió con sus mejores galas y salió a la calle por fin. Había mucha gente, tal como había visto con el Espíritu de la Navidad Presente; y paseó con las manos a la espalda observando a todos con una sonrisa satisfecha. Parecía tan contento, en realidad, que tres o cuatro individuos joviales le saludaron: «¡Buenos días, señor! ¡Feliz Navidad!» Y después Scrooge repetiría muchas veces que aquellos eran los sonidos más agradables que había oído en su vida.

No había llegado muy lejos cuando vio acercarse al caballero corpulento que había estado en su despacho el día anterior y le había dicho: «Scrooge y Marley, supongo.» Le dio un vuelco el corazón al imaginar cómo le miraría cuando se encontraran. Pero sabía cuál era el camino recto que se abría ante él, y lo tomó.

—Estimado señor —dijo, apretando el paso y estrechándole ambas manos—. ¿Qué tal? Espero que le fuera bien ayer. ¡Feliz Navidad, caballero!

—¿Señor Scrooge?

—Sí —dijo Scrooge—. Así me llamo, y mucho me temo que no le parezca un nombre agradable. Permítame disculparme. ¿Tendrá la bondad...? —añadió, susurrándole algo al oído.

—¡Santo cielo! —exclamó el caballero como si le faltara el aliento—. Estimado señor Scrooge, ¿habla en serio?

—Por favor —dijo Scrooge—. Ni un centavo menos. Van incluidos muchísimos atrasos, se lo aseguro. ¿Me hará ese favor?

—Estimado señor —dijo el otro, estrechándole las manos—. No tengo palabras para agradecer semejante generosid...

—No diga nada, por favor —repuso Scrooge—. Vaya a verme. ¿Irá a verme?

—¡Por supuesto! —exclamó el caballero. Y era evidente que se proponía hacerlo.

—Gracias —dijo Scrooge—. Se lo agradezco muchísimo. Un millón de gracias.

Scrooge fue a la iglesia y luego paseó por las calles; observó a la gente que iba y venía apresurada, acarició la cabeza a los niños, se interesó por los mendigos, miró las cocinas y las ventanas de las casas; y descubrió que todo le complacía. Nunca hubiera imaginado que un simple paseo —cualquier cosa— pudiese proporcionarle tanta dicha. Por la tarde, se encaminó a casa de su sobrino.

Pasó de largo muchas veces sin atreverse a acercarse y llamar. Pero al fin se decidió y lo hizo.

—¿Está el señor en casa, encanto? —preguntó a la muchacha. ¡Buena chica! Encantadora.

—Sí señor.

—¿Dónde está, cariño? —dijo Scrooge.

—En el comedor, señor, con la señora. Le acompañaré, pase, por favor.

—Gracias. Ya me conoce —dijo Scrooge con la mano en el pomo de la puerta del comedor—. Entraré solo, encanto.

Abrió despacio y se asomó. Les vio contemplando la mesa, que estaba engalanada, pues los jóvenes amos de casa siempre se preocupan por esos detalles y les gusta comprobar que todo está bien.

—¡Fred! —dijo Scrooge.

¡Santo cielo, cómo se sobresaltó su sobrina política! Scrooge había olvidado de momento cómo la había visto sentada en el rincón con el escabel, pues, de lo contario, no le habría dado aquel susto de ningún modo.

—¡Válgame Dios! —exclamó Fred—. ¿Quién es?

—Soy yo. Tu tío Scrooge. Vengo a comer. ¿Puedo pasar, Fred?

¡Que si podía pasar! Fue una suerte que no le rompiera el brazo al estrecharle la mano. A los cinco minutos estaba como en casa. Era imposible mayor cordialidad. Y su sobrina lo mismo. Y otro tanto Topper cuando llegó. Y la hermana llenita cuando llegó. Y todos los invitados cuando llegaron. ¡Maravillosa fiesta, maravillosos juegos, maravillosa unanimidad, maravillosa dicha!

Pero al día siguiente a primera hora Scrooge estaba en su despacho. Sí, allí estaba a primera hora. ¡Quería sorprender a Bob Cratchit cuando llegara tarde! Era precisamente lo que más deseaba.

Y lo hizo, sí, ¡lo hizo! El reloj dio las nueve. Ni rastro de Bob. Las nueve y cuarto. Ni rastro de Bob. Ya se retrasaba dieciocho minutos y medio. Scrooge se sentó en su despacho con la puerta abierta de par en par para verle entrar en su cubículo.

Bob se quitó el sombrero antes de abrir la puerta; y la bufanda también; en un santiamén, estaba en su taburete manejando la pluma como si intentara recuperar el tiempo perdido desde las nueve.

—¡Hola! —gruñó Scrooge, procurando imitar lo mejor posible su tono habitual—. ¿Qué te propones llegando a estas horas?

—Lo lamento mucho, señor —dijo Bob—. Me he retrasado.

—¿Te has retrasado? —repitió Scrooge—. Sí, creo que sí. Ven un momento, por favor.

—Sólo es una vez al año, señor —alegó Bob, saliendo del cubículo—. Pero no se repetirá. Ayer me divertí un poco, señor.

—Pues te diré algo, amigo —dijo Scrooge—, no estoy dispuesto a tolerar estas cosas más tiempo. Por lo tanto —continuó, levantándose de un salto y dando a Bob tal codazo en el chaleco que éste retrocedió tambaleante hasta su cuchitril de nuevo—, y, por lo tanto, ¡voy a subirte el sueldo!

Bob empezó a temblar y se acercó un poco más a la regla. Tuvo la idea momentánea de derribar a Scrooge pegándole con ella; sujetarle y pedir ayuda a la gente del patio y una camisa de fuerza.

—¡Feliz Navidad, Bob! —dijo Scrooge con seriedad inconfundible, dándole unas palmadas en la espalda—. Feliz Navidad, Bob, ¡más feliz que la que te he deseado muchos años! Te subiré el sueldo, e intentaré ayudar por todos los medios a tu esforzada familia. ¡Hablaremos de tus asuntos esta misma tarde tomando un ponche caliente, Bob! ¡Enciende los fuegos y compra otro cubo de carbón antes de puntuar otra *i*, Bob Cratchit!

* * *

Scrooge cumplió su palabra con creces. Hizo todo lo prometido y muchísimo más. Fue un segundo padre para el pequeño Tim, que NO murió. Fue el mejor amigo, el mejor patrón y la mejor persona que conociera la antigua ciudad o cualquier otra ciudad, pueblo o aldea del viejo mundo. Algunos se reían al ver cómo había cambiado, pero él les dejaba reírse sin hacerles mucho caso; pues era lo bastante juicioso para saber que en este planeta nunca ocurría nada bueno de lo que algunos no se hartaran de reírse al principio; y, sabiendo que semejantes personas estarían ciegas de todos modos, tanto le daba que arrugaran los ojos con sonrisas y muecas como que padeciesen la dolencia de formas menos agradables. Su corazón reía y eso le bastaba.

No volvió a tener relaciones con espíritus y, a partir de entonces, vivió conforme al principio de abstinencia completa; y siempre se dijo que si había un ser humano vivo que supiese celebrar bien la Navidad, era él. Ojalá lo digan sinceramente de nosotros, de todos. Y en fin, como decía el pequeño Tim: ¡Que Dios nos bendiga a todos!

CUADERNO DOCUMENTAL

DICKENS

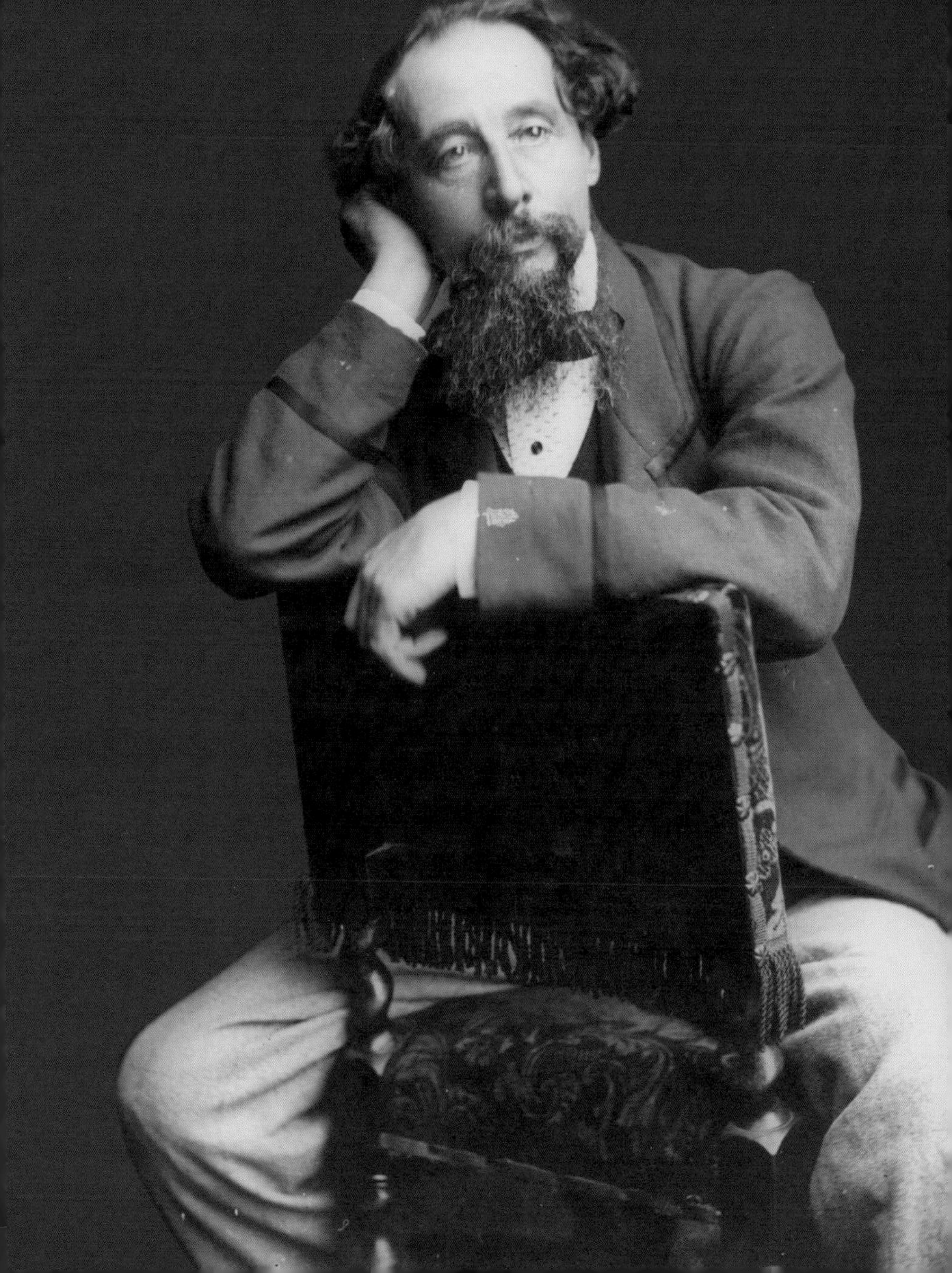

UN NARRADOR PARA UNA ÉPOCA

Charles Dickens es el cronista de un país y una época: la Inglaterra victoriana. Con este nombre se designa una Inglaterra esplendorosa que había completado su revolución industrial y se convertía en la primera potencia mundial.

El término surge en 1851. En este año se celebró en Londres la gran Exposición Universal que pretendía mostrar a todos el sorprendente desarrollo que había experimentado el país en los últimos tiempos. Algunos, que querían subrayar la buena situación alcanzada, empezaron a hablar de «nuestra Inglaterra Victoriana», con un claro deseo de halagar a la reina Victoria, que ocupó el trono de Inglaterra de 1837 a 1901.

Como fecha de inicio del período victoriano se suele citar 1830, año en que comienza la época del ferrocarril –la «locura del ferrocarril», la llamaron en su día– con la inauguración del tramo Manchester-Liverpool. Este acontecimiento marca el paso de la «alegre Inglaterra» agrícola y rural de épocas anteriores, a la nueva Inglaterra burguesa e industrial.

Como fecha de cierre se cita 1896, año en que se lleva a cabo la abolición de la «Red Flag Act», ley que prohibía circular a los automóviles a más de seis kilómetros por hora y les obligaba a llevar un trapo rojo

Charles Dickens. La reina Victoria.

que advirtiese de la proximidad de un «vehículo peligroso». A partir de aquí se inicia «la era del automóvil». El ferrocarril había marcado la hegemonía inglesa. El automóvil es un invento de alemanes y franceses. Estos acabarán a finales de siglo con la exclusividad tecnológica e industrial inglesa.

Una sociedad en transformación

Las novelas de Dickens se consideran la «crónica de sociedad» del mundo victoriano.

En esta sociedad, el rasgo más característico fue el crecimiento de la clase media, que se llamó a sí misma «*middle class*», consciente de su separación de la «*upper class*» (formada por los aristócratas de las grandes familias terratenientes). Esta clase media reuniría a unos cinco millones de ingleses, sobre un total de veinticinco millones, y en ella se incluían sectores muy diferentes (banqueros, hombres de negocios, financieros... pero también tenderos, pequeños empresarios, médicos, etc.).

El desarrollo de esta burguesía trajo consigo la aparición de un grupo numerosísimo de trabajadores domésticos, rasgo típico de la sociedad victoriana (pasan de 900.000 en 1851 a 2.500.000 a finales de siglo).

Esta clase media impuso poco a poco una forma de vida y una moral determinadas. Se trata de una vida discreta, dedicada al trabajo y con un acusado sentido del deber. Todo ello influyó hasta en las costumbres alimentarias: un desayuno abundante y nutritivo que permitiera afrontar con energía la jornada laboral –el *breakfast*– y una única comida a la salida del trabajo.

La moral que acompañó estos nuevos hábitos vino marcada por el puritanismo y, en muchos casos, la hipocresía (tan importante o más que «ser» virtuoso era «parecerlo»). Todo ello provocó críticas de autores como Bernard Shaw u Oscar Wilde, y ha determinado que, cuando en la lengua coloquial se califica a algo o a alguien de «victoriano», se le esté tachando de tales defectos.

George Bernard Shaw (1856-1950).

Oscar Wilde (1854-1900).

LONDRES
La ciudad de Dickens

Se trata de una ciudad que ha crecido de forma espectacular como consecuencia de la revolución industrial, y que se ha convertido en la mayor ciudad europea. Si en 1801 contaba con un millón de habitantes, en 1850 se aproximaba a los dos millones y medio. Este ritmo de crecimiento trae consigo un urbanismo caótico y falto de previsión.

Mientras la burguesía, que se está enriqueciendo, presume de su ciudad, de sus parques y jardines, construye desagües y alcantarillados y crea servicios de limpieza, las clases pobres se amontonan en barrios llenos de lodo y basura, y con problemas de alcoholismo y desnutrición.

En esta época –y a ello contribuye de modo notable Dickens–, se crea esta típica imagen de Londres sumido en una niebla de contaminación, donde la suciedad y el hollín se pegan a las paredes; una ciudad con hospicios y gentes desarrapadas a las que la sociedad de la opulencia no sabía dar remedio.

Dickens, que desde temprana edad conocía aquellas calles, no oculta el lado más duro de la ciudad: las calles sucias y oscuras, los ambientes sórdidos, las tiendas regentadas por prestamistas y usureros, las duras condiciones carcelarias, las oficinas ocupadas por míseros escribientes... Todo ese submundo que había surgido con la reciente industrialización va a ser puesto en evidencia a los ojos de sus contemporáneos.

La cultura de una época de cambio

La educación era valorada, y en 1870 la enseñanza primaria adquirió por primera vez condición de pública y gratuita, aunque no se generalizó hasta 1891. Este interés por la educación fue compartido por nuestro escritor. Como señala Angus Wilson en *El mundo de Charles Dickens*, «Dickens creía firmemente en esta época que todo el crimen, la miseria, la desigualdad, la violencia que tanto temía y odiaba en la sociedad en que vivía, eran el resultado de una falta de educación. Siempre creyó en la educación».

- **El periodismo** adquiere un amplio desarrollo. Esta sociedad aspira a ser una sociedad «bien informada». En 1850, de los nueve periódicos que se publican en Londres diariamente, el de mayor tirada era el *Times* (unos 65.000 ejemplares). Los periódicos, además, se empiezan a vender entre cinco y diez veces más baratos (por la creación de nuevos métodos de impresión y por la desaparición de los impuestos que gravaban el papel impreso), con lo que podían llegar a capas más amplias de la población. A este mundo, el del periodismo, se vinculará desde muy joven Dickens, y a través de periódicos dará a conocer muchas de sus novelas.

- **La producción novelística** aumentó considerablemente y cambió en su forma. Surge la novela por entregas mensuales (normalmente inserida en revistas o periódicos), que la hacen muy asequible, con lo que conquista amplios círculos de lectores. Charles Dickens cultivó este tipo de novelas. Casi toda su obra fue publicada por entregas y escrita a medida que progresaba la publicación.

- Una práctica habitual en la época era **la lectura en grupo** o en pequeñas reuniones (hay que tener en cuenta que todavía existe un número importante de analfabetos). En algunos casos, se formaban grupos para pagar entre todos la entrega; y en algunas casas el padre leía ante la familia y los criados.

La novela por entregas

A lo largo del siglo XIX, los escritores intentaron ampliar el número de lectores mediante colaboraciones en los periódicos. Estos, por su parte, competían entre sí tratando de conseguir más suscriptores. Uno de los atractivos que utilizaron para ello fue la publicación de novelas en semanas o meses sucesivos; eran las novelas por entregas.

- Este tipo de relatos basaban su éxito en la expectación que creaban. Se cuenta, por ejemplo, que cuando un barco inglés atracaba en Nueva York, la gente ya preguntaba a gritos desde el muelle qué pasaba con el protagonista de tal o cual novela de Dickens.

- El narrador se debía adaptar a los gustos del público, por lo que a veces se producían cambios sobre la marcha. Fue el caso de *Pickwick*, que multiplicaría su venta por diez con la incorporación de Samuel Weller, un nuevo personaje tan carismático que acabaría siendo el protagonista de la novela.

- A veces la «ley del público» impone un final feliz. *La pequeña Dorrit*, por ejemplo, iba a terminar mal, pero la reacción del público «impuso» al autor el «final feliz».

Este tipo de novelas solía gozar de escasa consideración entre críticos y literatos; pero Dickens, sin renunciar a sus rasgos, le dio altura literaria con unos personajes interesantes, un lenguaje rico en matices líricos, y un humor y una ironía muy eficaces a la hora de reflejar la realidad dura de la época.

DICKENS.
AÑOS DE APRENDIZAJE

Charles Dickens nació en Portsmouth el 7 de febrero de 1812, en el seno de una familia que en sus primeros años de vida le ofrece una existencia cómoda de hijo de clase media. Su padre, John Dickens, fue un hombre un tanto descuidado con sus negocios, y acabó ingresando en la cárcel para condenados por deudas de Marshalsea, dejando a la familia en una difícil situación. Todo esto ocurría en 1824, cuando Charles sólo tenía doce años.

El futuro escritor se vio obligado a trabajar en una fábrica de betún, donde, dentro de una hilera de muchachos harapientos, trabajaba de sol a sol pegando etiquetas en frascos de betún. La experiencia debió de ser para él terrible, no sólo por la dureza del trabajo en la fábrica, sino por el sentimiento de que aquello a lo que él aspiraba (una formación, una posición, etc.) le era negado.

Las visitas a la cárcel para ver a su padre y el conocimiento de la calle y de los ambientes más pobres de Londres fueron, sin duda, una «escuela» importante para el joven Charles. Figuras y episodios de esta infancia difícil dejarán huella en sus novelas, especialmente en *David Copperfield*.

Gracias al dinero de una herencia, Dickens logró retomar sus estudios en el prestigioso colegio de Wellington. Pero la bonanza no duraría y, al dejar la escuela, Dickens encontró un empleo de escribiente en el despacho de un procurador.

Su afán de superación le impulsó a aprender el oficio de reportero. Con diecinueve años comenzó a trabajar como cronista oficial en la Cámara de los Comunes. Dickens conocerá así otro aspecto de la realidad, descubrirá los entresijos de la política y, muy especialmente, la inutilidad de la retórica vacía que usaban los políticos. Además, por ese camino entró en el mundo del periodismo, que para él se convertiría en el puente hacia la literatura.

Nace un escritor

En diciembre de 1833 Charles Dickens publicó en la *Old Monthly Magazine* una serie de estampas de costumbres en las que ofrecía la pintura comprensiva y a la vez caricaturesca de diversos tipos de la sociedad. Reunidas luego bajo el título *Bocetos de Boz* (1836), tuvieron una extraordinaria acogida.

Como consecuencia de este éxito, en 1836 Dickens recibe una nueva oferta, en este caso de la editorial Chapman and Hall, con el fin de que redacte veinte textos humorísticos para acompañar unas galeradas del conocido dibujante Robert Seymour. En ellas se van a mostrar las ridículas aventuras de unos londinenses, miembros de un club Nemrod, que intentan dedicarse a la caza y los deportes campestres. Aunque el proyecto no era muy atractivo, Charles Dickens –reportero mal pagado, miembro de una familia con problemas económicos y joven deseoso de casarse con su prometida– no tuvo más remedio que aceptarlo. Nace así *Los papeles del Club Pickwick*. En aquel momento nadie sospechaba que estaban asistiendo a la aparición de un gran escritor.

Al año siguiente, sin abandonar la publicación de *Pickwick,* firma un nuevo contrato con otro editor para ocuparse de una revista y publicar novelas en sus páginas. En febrero publica el número 11 de *Pickwick* y la primera parte de una novela muy diferente, *Oliver Twist*. En ella la ironía y el humor son sustituidos por un reflejo crítico de la realidad y de los problemas sociales que él había conocido en su infancia difícil. En 1838 publica la primera entrega de *Nicholas Nickleby*, en la misma línea de denuncia social.

Pero por mucho que trabajara y escribiera, Dickens siempre albergaba nuevos proyectos, y entre ellos uno que ambicionó toda su vida fue el de crear una revista controlada principalmente por él. Los editores Champan and Hall aceptaron el proyecto, que resultó un fracaso económico. Esto obligó a su autor a retomar la novela por entregas.

Esta tienda de antigüedades situada en la londinense Portsmouth Street, se llama «The Old Curiosity Shop» en honor de la novela del mismo título de Charles Dickens.

En 1840 publica *La tienda de antigüedades*. En ella, la protagonista es una niña, la pequeña Nell, que con sus penalidades causó una profunda impresión en el corazón de los lectores. Se cuenta que algunos fueron a suplicar a Dickens que no la matase al final de la novela; otros se lamentaban de que no la matase al principio... En fin, Dickens da de lleno con la fórmula folletinesca creando situaciones melodramáticas y personajes que llegaban al corazón del público.

El escritor maduro

La etapa de madurez de Dickens está marcada por una serie de estancias en el extranjero.

Viaja a EEUU (1842), donde será recibido de manera triunfal, pero también sabrá salir al paso de injusticias y abusos de poder.

Viaja por Europa, vive en Génova una temporada, permanece un tiempo en Suiza... Finalmente regresa a Inglaterra y publica nuevas obras, entre las que destaca *David Copperfield*, una de sus novelas más queridas y en la que recoge muchos elementos autobiográficos que dotan al relato de lirismo y un interés especial. Esta obra marca, además, el comienzo de una «nueva forma de novelar», en la que disminuye lo caricaturesco y aumenta el realismo. Así se reflejará en obras como *Casa desolada* o *Tiempos difíciles*. Sus libros se van haciendo cada vez más graves, sin el humor de sus obras iniciales.

En la última parte de su vida tomará relevancia una actividad: la serie de conferencias y lecturas públicas de sus obras que empezó a dar sistemáticamente. En ellas, haciendo uso de sus dotes de actor, solía imitar los gestos y actitudes de sus personajes más grotescos. No resulta difícil imaginar al auditorio escuchando asombrado y seducido al gran autor convertido en sus propias criaturas.

Mientras tanto, Dickens seguía leyendo.

La escena: Nochebuena. Dickens, en el papel de Scrooge, se volvía en pantomima hacia su pobre empleado y le rugía: «Supongo que querrás mañana el día libre, ¿verdad?» Y de repente era humilde empleado con una radiante sonrisa tímida, que decía: «Si no es inconveniente, señor.» «¡Lo conozco! ¡El espectro de Marley!» Dickens se mordió las uñas como lo hacía Scrooge en el cuento. Se frotó los ojos y miró fijamente a la aparición. Los músculos de su cara se tensaron, su rostro adoptó los rasgos de un anciano.

MATTHEW PEARL
El último Dickens

Charles Dickens leyendo a su hija y a una amiga.

Sin embargo, el esfuerzo resultó extenuante, y en abril de 1869 Dickens tuvo que suspender la gira que llevaba a cabo por Inglaterra para reponerse. Falleció el 8 de junio de 1870. Un profundo sentimiento de pérdida llenó los corazones de millones de lectores que habían disfrutado y sufrido con las peripecias y penalidades de los personajes creados por este entrañable autor.

Primera página del manuscrito original de *Cuento de Navidad.*

Sus pequeñas y grandes criaturas

G. K. Chesterton.

Gilbert Keith Chesterton (1874-1936), que admiraba profundamente a Dickens, dice de él: «Nunca autor alguno ha alentado a sus personajes en la medida de Dickens. (...) Fue, no sólo un padre, sino un padrazo. Los hijos de su fantasía son hijos consentidos. Alborotan la casa como escolares traviesos y, en cada novela, hacen añicos el argumento.»

De toda la galería de personajes que desfilan por sus obras, sin duda los más representativos de «su mundo» son los infantiles: abandonados, indefensos, pobres, víctimas inocentes de una sociedad cruel. Con ello, Dickens no hacía otra cosa que poner el dedo en la llaga de una situación real, la de una Inglaterra que explotaba y maltrataba a los niños. Recordemos algunos de sus personajes más famosos:

OLIVER TWIST Un niño huérfano que sufre las más duras condiciones de los orfanatos de la época hasta que huye a Londres. Allí, Oliver es «captado» por una banda de ladronzuelos a cuya cabeza se encuentra el perverso Fagin. Esta novela refleja la lucha de un niño inocente por encontrar su sitio en la sociedad.

NICHOLAS NICKLEBY El joven Nicholas ve truncada su confortable vida al morir su padre. Él, su madre y su hermana se trasladan entonces a Londres para buscar la ayuda de su tío Ralph, quien envía a Nicholas a una escuela dirigida por el cruel Squeers. Nicholas se escapará e iniciará una azarosa aventura.

LA PEQUEÑA NELL (de *La tienda de antigüedades*). Una niña de catorce años y su abuelo pierden la tienda de antigüedades en la que vivían y se convierten en mendigos, obligados a ir de un sitio a otro para subsistir. En esta novela, el sentimentalismo de Dickens adquiere tal dimensión que ha sido posteriormente criticado e incluso ridiculizado.

DAVID COPPERFIELD El protagonista de esta novela queda huérfano y es enviado a un terrible internado. El pequeño huye a Londres, pero la familia que lo acoge se arruina y David tiene que marcharse a Dover, donde se refugia en casa de una extravagante tía suya. Inicia así una etapa llena de nuevas vicisitudes.

LA PEQUEÑA DORRIT Hija de un hombre que cumple condena en la cárcel de deudores, la joven se enamora luego de otro hombre al que los problemas económicos conducen a la misma prisión.

También en *Cuento de Navidad* aparecen personajes infantiles que aportan la nota sentimental al relato: el pequeño Tiny Tim, enfermizo y frágil, o el propio Ebenezer Scrooge en su solitaria infancia.

«La puerta se abrió ante ellos y vieron una estancia alargada, melancólica y vacía, que lo parecía más por las hileras de bancos y pupitres de madera de pino sin pulir. En uno de ellos, un niño solitario leía al lado de un fuego mortecino. Al ver al pobre niño olvidado que había sido, Scrooge se sentó en un banco y lloró.»

UNA FÓRMULA EXITOSA

Dickens tuvo con su obra un asombroso éxito de público, gracias a una forma de novelar que recogía con fuerza y brillantez aquellos aspectos que podían atraer a la «mentalidad común», es decir, a un público amplio. Estos son algunos de sus rasgos:

LA EXAGERACIÓN: Dickens abulta y exagera los rasgos, caricaturiza a sus criaturas creando personajes y situaciones que se apartan de lo real, pero que poseen una fuerza propia.

EL HUMOR: nuestro autor busca con frecuencia la risa, el lado cómico. Dickens es capaz de extraer el perfil humorístico, la vena graciosa, de cualquier situación dramática.

EL TERROR: Dickens fue un niño de salud precaria y notable imaginación. De pequeño escuchaba con gran atención las historias terroríficas y sangrientas que le contaba su niñera Mary Weller. De ahí surgió, posiblemente, ese gusto por lo misterioso, lo macabro y lo terrorífico.

LA BENEVOLENCIA: Dickens tuvo una infancia difícil, y seguramente encontró en las fábulas y los cuentos de hadas un lugar seguro en el que refugiarse. Estas historias suelen tener un final feliz en el que triunfan «los buenos» y se castiga a «los malos». También en sus novelas lo desagradable –que él bien conocía y denunciaba– se envolvía en una nube de benevolencia, que le ha valido en unos casos fama de optimista, y en otros de simplificador de la realidad.

UN ESTILO BRILLANTE Y VARIADO: Dickens posee un estilo rico y variado. Dominaba la lengua callejera gracias a sus andanzas de niño en la fábrica de betún; así como la jerga jurídica y la retórica de los políticos, de su época de reportero en tribunales y en el Parlamento. Sabía caracterizar a sus personajes mediante un modo de hablar y unas expresiones peculiares.

Dickens y el cine

Son muchas las novelas de Dickens que han sido adaptadas para la gran pantalla. Quizá la clave haya que buscarla en el hecho de que sus obras resultan en sí mismas muy «cinematográficas», tanto en la forma como en el contenido melodramático, que suele terminar en muchos casos en final feliz.

La novela de Dickens, como se ha señalado a veces, presenta cierta similitud con algunos rasgos del cine clásico de Hollywood. En ambos casos, el objetivo es entretener y aleccionar, sirviéndose para ello de unos protagonistas cuya bondad se pone a prueba y que, tras muchas vicisitudes, llegan a un final en el que triunfan «valores» como la compasión, la benevolencia, etcétera.

Quizá el director que mejor ha sabido recrear el imaginario popular de Dickens sea David Lean con *Oliver Twist* (1948) y *Cadenas rotas* (1946), la versión filmada de *Grandes Esperanzas*.

Destacan también *Nicholas Nickleby*, de Douglas McGrath (2002), *Oliver!*, adaptación musical que Mark Lester hizo de *Oliver Twist* en 1968, y el *Oliver Twist* de Roman Polanski (2006).

Cuento de Navidad también ha tenido diversas adaptaciones cinematográficas. La más reciente es la de Robert Zemeckis para Walt Disney Pictures (2009).

Oliver Twist (2006)

Cuento de Navidad (2009)

Cadenas rotas (1946)

Oliver! (1968)

Oliver Twist (1948)

Dickens y la Navidad

Quizá nadie como Dickens haya contribuido a establecer la imagen de la Navidad tal como la conocemos hoy. El autor lo consiguió con un conjunto de relatos de temas navideños que fueron publicados durante varios años en las fechas próximas a tal celebración.

A finales de noviembre de 1837 Charles Dickens publica su *Cuento de Navidad*. Con ella, el autor da salida a un propósito muy en consonancia con su espíritu de rebelde moderado: denunciar por medio de una historia navideña las necesidades de las clases pobres, especialmente de los niños. Y consigue uno de sus sonados éxitos.

La historia cuenta la «conversión» de un hosco enemigo de la Navidad, el viejo Scrooge; y el texto, en su conjunto, se convierte en una apelación a la caridad y a la alegría. Dickens fija así en su obra algunos de los principales «motivos» que se relacionan con la Navidad:

1. El espíritu festivo y alegre asociado al comer, al beber, a la celebración «por todo lo alto» en la medida de las posibilidades de cada uno.
2. La idea de bienestar y felicidad domésticos en contraste con un exterior frío y neblinoso. Frente a ese exterior desapacible, la familia se reúne a celebrar la Navidad en torno al fuego del hogar, que reporta confort y seguridad.
3. El sentido de solidaridad con los desfavorecidos, que parece tomar relevancia en estas fechas.

Y todo ello se presenta a través de un texto que muestra realidades sociales duras, sobre las que Dickens, el gran optimista de la literatura universal, hace triunfar la benevolencia.

LETRAS MAYÚSCULAS
CLÁSICOS UNIVERSALES

Títulos de la colección: